Un sulfureux rendez-vous

RACHAEL STEWART

Un sulfureux rendez-vous

Traduction française de

MARINA BRANCHE

MAGNETIC

HARLEQUIN

Titre original :
MR ONE-NIGHT STAND

Réalisation graphique couverture : E. COURTECUISSE (HarperCollins France)

HARPERCOLLINS FRANCE
83-85, boulevard Vincent-Auriol, 75646 PARIS CEDEX 13
Service Lectrices — Tél. : 01 45 82 47 47

www.harlequin.fr

ISBN 978-2-2804-3676-2

1

La patience n'était pas une qualité qu'on reconnaissait à Marcus. D'ailleurs, pourquoi en aurait-il été ainsi alors qu'il avait consacré toute sa vie à son travail afin de toujours avoir ce qu'il voulait quand il le voulait ?

Il jeta un coup d'œil à sa montre. 17 h 30.

Bon sang ! Où pouvaient-ils bien être ?

Si ce retard était une dernière tentative pour lui soutirer plus d'argent, alors Tony Andrews était encore plus stupide qu'il ne le croyait.

Il fit un signe de refus à la serveuse qui approchait en fixant son verre vide. Il avait déjà pris un whisky et il ne s'autorisait jamais plus d'un verre avant un rendez-vous d'affaires. Pourtant, le sourire aguichant de la fille était destiné à lui faire clairement comprendre qu'elle souhaitait lui offrir plus qu'un verre.

Pas ce soir. Et il lui sourit en retour.

Certains le considéraient comme un sale type arrogant, mais personne ne pouvait l'accuser de manquer d'éducation. Même son enfance chaotique n'avait pu lui ôter cela – et ce, malgré les efforts de son père.

Ce n'était d'ailleurs pas la faute de la serveuse s'il n'était pas partant. Elle avait tout ce qu'il fallait pour plaire, si on était attiré par les blondes décolorées qui n'avaient pas peur des retouches chirurgicales.

Mais ce soir, il s'agissait de travail.

Et le travail était le travail.

Le sexe était le sexe.

Les deux ne devaient jamais se mélanger. Pas si l'on voulait rester concentré et être le meilleur.

Marcus regarda la jeune femme s'éloigner en se frayant un chemin à travers les tables, puis il reporta son regard sur les clients qui occupaient la piste circulaire du toit en terrasse. C'est Andrews qui avait choisi cet endroit, l'établissement étant à deux pâtés de maisons de son QG londonien.

Très pratique pour Andrews, mais certainement pas pour lui… Il poussa un soupir d'exaspération et vérifia à nouveau l'heure.

Mais bon sang, que pouvait-il bien faire ?

Il aurait dû arriver avec dix minutes de retard pour éviter de se retrouver assis là comme un bon toutou obéissant.

Mais il n'était pas uniquement venu pour parler des derniers détails avec l'homme dont il rachetait les parts. Avant de signer le contrat, il devait être présenté à celle qui serait bientôt son associée : Jennifer Hayes.

Non que cette rencontre fasse la moindre différence, les documents étant déjà rédigés, mais la courtoisie l'incitait à patienter. Cela, et le fait qu'il était curieux de rencontrer la femme qui avait transformé une petite entreprise sans envergure en l'une des start-up les plus rentables du monde industriel.

Marcus était convaincu qu'Andrews n'y était pour rien. C'était déjà un miracle qu'il fasse encore illusion malgré le montant de ses dettes de jeu et ses autres difficultés personnelles. Sans compter le problème de l'alcool. Personne ne lui en avait explicitement parlé, mais il était certain qu'Andrews en avait un. Il n'en connaissait que trop bien les signes grâce à son bon vieux papa.

Il doutait même qu'Andrews ait effectué une journée complète de travail depuis des années. Et cela signifiait une chose : Mlle Hayes était celle qui portait la compagnie à bout de bras, celle à qui il l'achetait réellement.

Il avait consulté son profil, curieusement dépourvu de photo, et en avait déduit qu'elle devait avoir dans les trente-cinq, quarante ans. Apparemment, c'était une femme avec un sens aigu des affaires, un maintien un peu froid et une autorité naturelle durant les conseils d'administration – autant de caractéristiques qui forçaient le respect, pour Marcus. En tout cas, cela voulait dire qu'ils seraient sur la même longueur d'onde.

Cela l'intriguait de ne pas avoir pu trouver la moindre photo d'elle. Pas même un cliché professionnel pour illustrer les événements publics. Peut-être n'était-elle pas du genre à se mettre ainsi en avant.

Contrairement à Andrews qui, lui, était partout. Même le magazine *Forbes*, dans lequel on parlait de la vente de charité où Marcus lui avait fait une offre, s'émerveillait du succès de l'entreprise mais ne présentait qu'Andrews, avec ses cheveux blonds et son petit sourire insolent, sur une demi-page.

Le souvenir de cette photo agaça encore plus Marcus qui attendait toujours en tapotant la table du bout des doigts tandis que sa patience atteignait son point de rupture.

Sérieusement, trop c'était trop. De toute façon, les contrats seraient signés sous vingt-quatre heures. Il pourrait tout aussi bien rencontrer sa future associée à ce moment-là.

Il lissait sa chemise dans l'intention de se lever quand il entendit les câbles de l'ascenseur se mettre en mouvement.

De nouveaux arrivants ?

Il s'adossa de nouveau et attendit de les voir.

De toute évidence, ce n'était pas Andrews. Le liftier chauve qui poussa la grille ressemblait à un nain à côté de la rousse sculpturale qui sortit de la cabine. Et Marcus n'était pas le seul à l'avoir remarquée. Tous les regards s'étaient tournés vers elle à son arrivée, tant il était impossible de ne pas être fasciné par ses cheveux, cascadant en vagues fauves le long de son dos.

Leur couleur flamboyante contrastait avec l'élégante robe noire qu'elle portait et qui mettait en valeur ses courbes féminines avant de s'arrêter sagement à ses genoux. Le regard de Marcus s'attarda sur ses mollets dont les reflets satinés laissaient à penser qu'elle portait des bas. Descendant un peu plus bas, il vit alors qu'elle était perchée sur des escarpins noirs aux talons vertigineux.

Il sentit une chaleur intense se répandre en lui tandis que son sexe commençait à gonfler.

Nom de Dieu.

Pas question pour lui de s'en aller. En tout cas, pas tout de suite…

Jennifer regarda sa montre et jura à voix basse. 20 h 30. Elle était en retard. Et elle détestait ça.

Mais à quoi Tony s'attendait-il en l'appelant ainsi à la dernière minute pour lui demander de le rejoindre pour boire un verre ? Cet idiot était bien placé pourtant pour connaître sa charge de travail.

Mais qu'est-ce qu'elle racontait ? Il se moquait éperdument qu'elle soit débordée. D'ailleurs, il était la cause principale de ce trop-plein de travail. Ses absences répétées depuis plusieurs semaines avaient mené Jennifer au seuil de l'épuisement et fait grimper son niveau de stress au-delà du supportable. Malgré tout, elle n'arrivait pas à lui en vouloir.

Il a tellement de problèmes en ce moment… Il a besoin de toi… Sa famille a besoin de toi…

Mais elle en avait assez ! *Sa* famille aussi avait besoin d'elle. Sa mère, sa sœur… Et pas seulement financièrement, physiquement également, et elle ne pouvait pas être partout à la fois.

Mais tu lui dois beaucoup, et lui ne te doit rien. C'est là toute la différence.

Elle expira lentement pour laisser sa tension redescendre, et sourit au liftier. Il lui rendit son sourire en fixant sa poitrine, et elle soupira à nouveau. *Sérieusement ?*

Elle passa devant lui en rajustant le décolleté en V de sa robe portefeuille et jeta un regard circulaire sur la salle aux lumières tamisées. *Où es-tu, Tony ?*

S'il avait été là, elle n'aurait pas pu le manquer, car partout où il se trouvait sa présence rayonnait comme un spot lumineux. Elle constata que la plupart des gens présents étaient en couple ou par groupes de quatre, à l'exception d'un homme. Son souffle s'accéléra quand son regard s'arrêta sur lui. Il était assis à une table derrière le mur de verre, la place parfaite pour profiter de la vue plongeante sur la ville. Mais cela ne semblait pas l'intéresser. Non, son regard était rivé sur elle avec une intensité qui la fit frissonner et lui donna la chair de poule.

Elle manqua lui foncer dessus. L'envie avait été si forte et si soudaine qu'elle faillit le faire avant de recouvrer ses esprits. Tony voulait la voir. Avec un peu de chance, il pourrait la rassurer sur l'avenir.

Elle se dirigea vers le bar. Un verre, c'était cela qu'il lui fallait. N'importe quoi pourvu que ça la calme.

Elle se glissa sur l'un des tabourets du bar, croisa les jambes, posa sa pochette et prit la carte des boissons.

— Bonsoir, mademoiselle Hayes. Que puis-je vous servir ?

Elle leva les yeux vers Darren, le barman en chef, lui rendit son sourire et parcourut la liste avant de se décider pour une vodka martini.

— Secouée au shaker ou à la cuillère, *madâme* ?

Son accent écossais à la James Bond fit glousser Jennifer. Cela faisait des semaines, voire des mois, qu'elle n'avait pas éclaté de rire. Peut-être était-ce elle qui avait besoin d'être secouée, pas son verre.

— Je vous fais confiance.

— Vous êtes sûre ? Vous savez que c'est une boisson plutôt corsée.

Il la connaissait bien. Elle ne buvait pas d'alcools forts. Généralement, elle prenait un spritz, mais ce soir ce ne serait pas suffisant. Tony n'était pas seul en cause, elle était de plus en plus inquiète pour sa mère. L'état de celle-ci s'aggravait de jour en jour et Jennifer n'y pouvait rien.

Son cœur se serra douloureusement et elle repoussa ses pensées sombres. *Pas maintenant*.

— Cela m'a l'air parfait, répondit-elle en sortant son téléphone de sa pochette pour vérifier si Tony lui avait envoyé un message.

Avant même que l'écran s'allume, son regard fut attiré malgré elle par la silhouette troublante qui se trouvait à quelques mètres d'elle.

L'homme était grand, elle en était sûre bien qu'il soit parfaitement calé au fond de son siège. Ses jambes étaient croisées et son costume griffé avait dû lui coûter une fortune. Mais qu'il soit réellement riche était une autre histoire. C'est une leçon qu'elle avait rapidement apprise dans cette ville. Il suffisait de s'habiller pour impressionner, et l'illusion de richesse attirait les gens comme le miel attire les abeilles.

Pourtant il y avait quelque chose dans l'attitude à la fois pleine d'assurance et décontractée de cet inconnu qui lui disait que tout cela ne pouvait pas être qu'apparence.

Et pourtant quelle apparence…

Le regard de Jennifer glissa sur la chemise blanche parfaitement ajustée et s'arrêta au dernier bouton attaché de son col ouvert d'où dépassait un peu de duvet sombre.

Son pouls sauta un battement et elle se mit à saliver. Mais elle obligea aussitôt son regard à revenir sur son téléphone. *Pas maintenant !*

Sérieusement, qu'est-ce qui n'allait pas chez elle ? Était-elle si désespérée qu'il lui fallait d'urgence se faire sauter ? Est-ce que son corps, las de son vibromasseur, venait de lui déclarer la guerre ? Elle n'avait pas de temps pour ce genre de complication. M. Vibro ne réclamait ni attention ni affection. Il ne lui demandait pas de lui donner le temps qu'elle ne possédait pas. Entre son travail et ses allers-retours entre Londres et le Yorkshire, chaque week-end pour voir sa famille, il ne lui restait pas une minute à elle.

Juste une nuit, malgré tout. Pense aux possibilités…

Une vague de chaleur envahit son bas-ventre tandis qu'elle activait son téléphone. *Aucune notification.*

Elle envoya un bref message pour demander à Tony où il se trouvait. Ses sens en alerte l'avertirent que l'inconnu avait fait un mouvement. Elle le regarda faire signe à la serveuse blonde, proche de sa table, et sentit une attraction animale la traverser. Comme s'il l'avait appelée, elle aussi.

Elle mordilla sa lèvre inférieure en le dévorant des yeux, depuis ses cheveux de jais jusqu'à sa mâchoire ciselée qui s'adoucissait délicieusement en un léger sourire. Et il y avait son regard… tellement envoûtant. Elle n'en distinguait pas la couleur, mais il avait quelque chose de délicieusement immoral…

Son ventre se contracta de désir et, en une seconde, elle comprit qu'elle voulait repartir avec lui. Qu'elle voulait une nuit de folie. Pas de nom, pas de discussion, juste du sexe.

En serait-elle capable ? Et lui ?

Ce n'était pas dans sa nature, cela ne lui ressemblait pas, mais être Jennifer Hayes était un rôle déjà suffisamment difficile à tenir et elle avait besoin de se sentir femme… Besoin de lui.

Elle le déshabilla en pensées, bouton après bouton, tout en serrant de plus en plus fort ses cuisses, croisées sur le tabouret.

— Et une vodka martini.

— Hein ? dit-elle en fixant Darren qui lui tendait un verre.

— Votre boisson, dit-il d'un ton amusé. Distraite ?

— Assez.

Et c'était un sacré euphémisme.

La chaleur lui monta aux joues, tandis qu'elle

faisait tourner l'olive posée sur un pic en essayant de se détendre.

Débarrasse-toi d'abord de ta réunion avec Tony !

Elle goûta sa boisson et soupira de plaisir, surprise par le contraste étrangement agréable entre la fraîcheur des glaçons et la brûlure de l'alcool. Elle reprit une gorgée et sentit ses épaules se détendre légèrement.

Tony, tu m'as peut-être rendu service en m'attirant ici.

Elle tourna la tête pendant que ses yeux le cherchaient… *Merde.* Leurs regards fusionnèrent, et l'invitation sensuelle que contenait le sien lui fit l'effet d'un coup de poing.

Au diable Tony ! Elle lui accordait encore vingt minutes…

Elle reporta son attention sur son téléphone et lui envoya un message pour le prévenir.

Cinq minutes plus tard, n'ayant toujours pas de réponse, elle fit signe à Darren.

— Prête pour le second round ?

— Avec plaisir, dit-elle avec un peu trop d'enthousiasme.

— Parfait, répondit-il en s'esclaffant.

Il posa devant elle un plateau de tapas, et commença à préparer son cocktail. Elle fixa la nourriture et entendit son estomac protester… Elle avait encore oublié de dîner. Elle dévora quelques amuse-gueules avant d'interroger Darren.

— Savez-vous ce que boit M. Solitaire ?

Il lui lança un regard entendu.

— Souhaitez-vous lui offrir un verre ?

— Peut-être, dit-elle d'un air espiègle avant de croquer une tapa. Donc… vous le savez ?

Il sourit tout en travaillant et son regard s'arrêta un instant sur leur victime.

— C'est un homme J & B.

Jennifer lécha l'alcool sur ses lèvres du bout de la langue et fixa l'inconnu. Un homme sexy et fortuné… J & B… L'image du beau gosse d'*American Psycho* apparut dans son esprit et elle sentit sa gorge s'assécher.

D'accord, d'accord, Tu crèves d'envie d'une nuit de folie, mais tu pourrais peut-être essayer d'en savoir un peu plus sur lui avant ?

— Qu'est-ce qui vous donne un air si sérieux ? dit Darren.

— J'étais juste en train de me demander… si vous le connaissiez.

— Pas vraiment, répondit-il en versant sa boisson dans un verre propre. Je ne l'ai jamais vu avant. Mais il y avait un type au bar qui parlait de lui tout à l'heure. Il l'avait reconnu à cause d'un article.

— Un article ?

— Oui, vous savez, ce genre de magazine professionnel, continua-t-il tout en ajoutant une olive à son verre avant de le lui tendre. Il est directeur général dans le secteur technologique.

Elle se lécha de nouveau les lèvres pour contenir son excitation. Aucun directeur général ne pouvait être un fou furieux.

— Eh bien, j'ai envie de…

— Cela semble évident.

Elle lui sourit et prit l'olive qu'elle écrasa entre ses dents tandis que son regard visait à nouveau le beau gosse.

2

Si elle glissait une seconde olive entre ses lèvres en posant sur lui son regard plein d'évidentes propositions, il ne répondrait plus de rien…

Marcus laissa son index glisser sur le rebord de son verre au même rythme que l'onde de chaleur qui s'enroulait autour de son corps.

Il aurait vraiment dû partir quand il avait eu le message d'annulation d'Andrews. Mais il s'était contenté de lui confirmer la réception du message avec un avertissement.

Soyez à 9 h 30 précises chez l'avocat pour la signature du contrat. Sinon…

Il aurait dû se sentir bien plus contrarié, mais c'était fascinant de constater l'effet que pouvait avoir sur lui une rousse incendiaire qui dégustait une boisson assise au bar. Et il ne pensait pas qu'aux olives, il y avait aussi les tapas. Elle les saisissait entre ses doigts et se léchait les lèvres après les avoir dégustées avec un plaisir si provocant qu'il en restait cloué à sa chaise.

Et Dieu, ces yeux… Ils le transperçaient depuis

l'autre bout de la salle. Les lumières chaudes du bar se reflétaient dans leurs profondeurs d'un vert lascif et ils revenaient vers lui, encore et encore, exigeant son attention et faisant naître en lui l'espoir qu'elle n'attendait pas quelqu'un d'autre.

Elle discutait désormais avec le barman, son corps parfait penché vers lui, le flux régulier de leurs propos suggérant qu'elle était une habituée. Le type acquiesça de la tête puis s'en alla, la libérant à nouveau. Aussitôt, la femme reporta son attention vers lui. Le souffle de Marcus s'accéléra et sa main se figea sur son verre. Mais l'écran du portable de la rousse s'illumina à ce moment et il la vit faire une grimace de contrariété avant de sourire.

Elle posa à nouveau son regard sur lui, comme si elle l'appelait.

Son estomac se noua et sa mâchoire se serra. Quelque chose venait de changer.

— Pour vous, monsieur.

Pas maintenant. Contrarié, Marcus leva les yeux sur la serveuse blonde qui tenait devant lui un plateau avec un verre.

— J & B, de la part de la femme assise au bar, dit-elle en posant la boisson devant lui.

Marcus regarda le verre et sourit.

Finalement, Andrews, tu m'as rendu service…

Il prit son verre sur la table et marcha en direction de la femme. Elle l'enveloppa d'un regard appréciateur et il sentit frémir ses nerfs déjà à vif.

Jennifer fit pivoter son tabouret pour lui faire face, sirotant son cocktail en attendant qu'il soit à portée de voix.

— C'est gentil de venir me rejoindre.

— Je voulais vous remercier pour le verre, dit-il en trinquant avec elle.

Waouh, cette voix. Elle poussa un soupir tandis que tout son corps s'enflammait. La voix de l'inconnu était profonde et grave… Le mixte parfait pour un corps qui exhalait la puissance. Et cet accent qu'elle n'arrivait pas à identifier… mais il était bien là, la provoquant.

— Et moi, je vous remercie d'avoir embelli mes perspectives pour cette soirée.

Il la récompensa d'un sourire et ses yeux étincelants la firent chavirer. Ils étaient couleur chocolat, du genre noir et intense. Et le feu qui y couvait la brûla quand il lui dit :

— Nous sommes deux.

— Vraiment ?

— Vous le savez bien.

— Je ne sais rien de tel.

Il rit doucement et passa à côté d'elle pour poser son verre sur le bar. Elle fit pivoter son siège, se retrouvant presque entre ses bras, et les effluves de son eau de toilette firent naître une onde de désir qui s'insinua au plus profond de son corps.

— Que diriez-vous d'un autre verre ? reprit-il en s'accoudant au bar. Qu'est-ce que je pourrais vous offrir ?

Que pourrait-il lui offrir ?

Elle aurait voulu rire tandis que le mot *vous* lui chatouillait le palais mais, au lieu de cela, elle regarda Darren.

— On s'occupe déjà de moi.

— Une autre vodka martini ? dit-il en suivant son regard.

— Absolument, répondit-elle en jouant avec le bâtonnet resté dans son verre. Je crois que je viens de trouver ma nouvelle boisson préférée.

Il regarda le bâtonnet.

— C'est aussi en train de devenir la mienne.

Elle en devinait la raison.

— Et donc, qu'est-ce qui vous amène ici ? dit-il en se tournant vers elle, sa main posée sur le bar juste à quelques centimètres de son genou. Comment se fait-il qu'une femme magnifique se trouve seule en cet endroit ?

Magnifique ? Elle adorait la manière dont cela sonnait dans sa bouche. Et elle adorait sentir sa main si proche d'elle. Si elle décroisait les jambes, elle frôlerait ces doigts si longs qui possédaient d'évidence de nombreux talents…

— Plaisir ou affaires ? continua-t-il.

Les yeux de l'inconnu plongèrent dans ceux de Jennifer et elle serra les cuisses à nouveau. La manière dont il avait prononcé le mot *plaisir* lui avait donné l'impression d'une caresse physique.

— J'attendais quelqu'un…

Elle avait à peine conscience des mots qu'elle prononçait.

— Attendais ?

— Il a annulé, dit-elle en prenant le bâtonnet pour en grignoter l'extrémité, saisie par un besoin urgent de faire quelque chose qui l'occuperait. Et vous ?

Il fixa intensément le bout de bois, son pouls battant subitement à la veine de son cou tandis qu'il reprenait son verre.

— Affaires.

Elle entendit, dans ce simple mot, dans son intonation… un besoin à peine contenu qui reflétait le sien.

Elle cessa de torturer le bâtonnet et, le souffle court, lutta pour lui répondre.

— Votre soirée se termine ?

— Elle n'a pas commencé, dit-il avec dans la voix ces accents rauques qui la faisaient vibrer. Par chance, ils ont annulé, eux aussi.

— Par chance ? Pourquoi cela ? dit-elle en lâchant le bâtonnet pour se caresser la gorge.

— Ce n'est pas évident ?

— Peut-être… Mais j'aimerais vous l'entendre dire.

Il posa son verre, se rapprocha un peu plus et plongea son regard dans le sien.

— Vous obtenez toujours ce que vous voulez ?

— La plupart du temps.

— Pourquoi n'ai-je aucun mal à le croire ?

Il avança sa main pour repousser une mèche de cheveux derrière son oreille, et la douceur de son geste déclencha une vague de désir qui s'engouffra en elle, se multipliant exponentiellement à mesure qu'elle pénétrait son corps.

— Qu'est-ce qui vous fait dire cela ? répondit-elle d'une voix à peine audible.

Il l'observa, ses yeux glissant vers ses lèvres et s'obscurcissant tout à coup quand elle les lécha pour combattre leur soudaine sécheresse.

— J'ai le sentiment que vous pouvez être très persuasive.

Elle savait ce qu'elle voulait répondre, et que c'était effronté, et que cela ne se faisait pas, mais…

— Est-ce à dire que je pourrais vous convaincre de passer une soirée de plaisir ?

Les sourcils de l'inconnu frémirent, seul signe de surprise face à sa proposition. Puis il lui sourit. Un sourire lent, à vous stopper le cœur, faisant apparaître sur sa joue droite une fossette de garçonnet qui contrastait avec son hyper masculinité.

— Est-ce ce que vous m'offrez ? demanda-t-il.

— L'accepteriez-vous si c'était le cas ?

Il se pencha plus près et son souffle chatouilla son oreille.

— Testez-moi.

Une vague de chaleur explosa dans la poitrine de Jennifer, dans son ventre, dans ses veines. Et le reste du monde s'évanouit tandis que ses lèvres cherchaient instinctivement celles de l'homme.

— Votre boisson.

Quoi ?

Son regard confus glissa vers le bar, puis vers Darren qui posait un verre devant elle.

— Merci, dit-elle en s'efforçant de cacher son trouble.

Mais l'homme le remarqua quand même et il lui fit un petit sourire tout en se levant.

— Que diriez-vous de continuer cette conversation à ma table ?

Jennifer laissa glisser ses doigts sur ses lèvres qui vibraient encore d'avoir presque touché les siennes.

— J'adorerais.

Il avait dû s'empêcher de dire « chez moi » à la place de « table ». Et il se demandait si elle aurait aussi répondu « J'adorerais » de la même voix douce et ensorcelante. Elle le fixait avec ses yeux verts qui l'invitaient au lit et il aurait aimé le découvrir.

— Après vous, lui dit-il.

Il prit leurs deux verres mais s'immobilisa tout à coup quand il la vit descendre du tabouret.

Il se figea en découvrant ses longues jambes qu'elle décroisa lentement et son décolleté dans lequel il dut s'empêcher de plonger. Sa taille l'impressionna une seconde fois quand il constata que son regard arrivait au niveau du sien et il sentit son parfum l'enivrer. Il ignorait complètement de quelle plante ou de quelle fleur il était extrait, mais il l'appréciait. Énormément.

— N'oubliez pas les verres, dit-elle par-dessus son épaule avec un sourire provocant, les yeux brillants de malice…

Et d'autre chose, mais de quoi ?

Marcus avait besoin de toute sa concentration pour continuer à discuter tout en gardant sa propre attirance sous contrôle. Il essayait de lire chaque expression fugace qui traversait le visage de la femme sans conclure trop vite qu'elle était emportée par la même vague de désir que lui. Ce qui était impossible.

Il prit les verres et la suivit, le regard rivé sur le balancement de ses hanches et de ses cheveux qui frôlaient presque ses fesses.

À quoi ressemblerait sa crinière rousse étalée sur son couvre-lit ? Ou enroulée autour de son poing tandis qu'il la pénétrerait ? Merde, il commençait à bander rien qu'en y pensant.

Et voilà qu'elle recommençait à le regarder comme si elle allait le dévorer tout cru.

Elle s'était assise au fond de son fauteuil, la tête juste à hauteur du sexe de Marcus qui réagit aussitôt. Et pour ajouter à son calvaire, elle croisa les jambes, révélant la dentelle d'une jarretière, il en était sûr, bien qu'elle la couvrît aussitôt.

Mais c'était trop tard, le mal était fait. Et de toute évidence, elle le savait. Elle avait suivi des yeux la scène qui se jouait sur son visage. Et il n'était pas persuadé que les lumières tamisées soient suffisantes pour cacher la bosse de son pantalon.

— Pour vous, dit-il en lui tendant son verre.

— Merci, répondit-elle en laissant ses doigts effilés effleurer les siens pour le prendre.

Le contact fut doux et bref, mais c'était de la dynamite pour l'imagination trop fertile de Marcus. Et l'image de sa main s'enroulant autour d'autre chose chassa tout le reste de son esprit.

Il la regarda porter son cocktail à ses lèvres recouvertes de gloss, puis l'incliner, laissant l'alcool clair couler dans sa gorge tandis que l'olive descendait au fond du verre. Puis elle referma la bouche et avala, sa langue apparaissant un instant pour sécher les traces du liquide sur ses lèvres. C'était une vision parfaite et une torture pour son sexe déjà tendu.

— Vous allez vous asseoir ? lui dit-elle, son sourcil levé révélant qu'elle l'avait vu fixer sa bouche.

En avait-il quelque chose à faire ? Pas vraiment.

— Navré, dit-il en penchant la tête exagérément avec un sourire qui montrait qu'il n'était en rien désolé. Je me suis perdu dans la contemplation du spectacle.

C'était ringard, sirupeux, mais une fois encore il s'en moquait. C'était la vérité.

Il posa son verre sur la table et s'assit à son tour, sentant le regard lourd de sous-entendus de la rousse posé sur lui.

— Je paierais cher pour connaître vos pensées, dit-il.

Elle sourit largement.

— Un homme tel que vous devrait savoir qu'on ne pose jamais cette question à une femme.

Il laissa échapper un rire léger qui soulagea le brasier qui se consumait sous sa ceinture.

— Et si je vous disais que quelque chose chez vous me donne envie de le faire quand même ?

Elle posa son verre et prit appui sur l'accoudoir pour se pencher lentement vers lui.

— Alors, je vous le dirai, commença-t-elle d'une voix rauque tandis qu'elle laissait ses doigts caresser sa poitrine à chaque mot. Je vous révélerai exactement ce que je pense.

Il aurait pu, il aurait dû, l'emmener loin de ce bar à cet instant précis. Ses yeux lui envoyaient tous les signaux, elle laissait sa main se balader pour l'attirer et son sexe était douloureux. Cela devenait beaucoup trop fort et il ne l'avait même pas encore touchée.

Bon sang, il n'en pouvait plus.

Le désir était en train de le consumer. Il voulait goûter chaque recoin de son corps, lui faire l'amour jusqu'à ce qu'elle le supplie de la faire jouir et de la posséder jusqu'à ce qu'elle ne puisse plus rien faire d'autre que crier son nom.

Mais elle ne le pouvait pas encore. Ils avaient beaucoup partagé en échangeant des regards électriques, mais ils ne s'étaient pas occupés des basiques comme « Mon nom est… ».

— Nous pourrions commencer par nous présenter ?

— Nous présenter ? dit-elle en riant.

— Oui, répondit-il surpris par sa réaction. Vous savez, moi Tarzan, vous Jane, avant que nous nous laissions emporter par ce – il agita sa main entre eux – courant.

— Courant ? répéta-t-elle en semblant réfléchir à ce mot tandis que sa main maudite persistait à tracer les contours de ses seins. Vous savez, je crois que ce mot résume parfaitement la situation.

Il suivait ses doigts du regard, son self-control chancelant devant l'appel de ses caresses.

— Et donc ? insista-t-il, son cerveau à moitié concentré sur ces présentations.

— Donc… ? répéta-t-elle en l'imitant d'un air provocateur, ce qui l'énerva et l'excita tout autant.

Elle laissa tomber sa main pour s'emparer du bâtonnet qui flottait dans son verre et toute idée d'une conversation se désintégra, oblitérée par la vision de la petite balle verte qu'elle faisait tourner doucement.

Cela allait arriver, il le savait, et la force de cette attirance et de ce dénouement si proche lui fit serrer les poings si fort que la jointure de ses doigts blanchit.

— Qui a besoin d'un nom à notre époque ? dit-elle en sortant l'olive de son verre avant de taper le bâtonnet contre le rebord pour égoutter la vodka. Ne pensez-vous pas qu'il y a du bon à garder un peu de mystère ? Ce n'est pas comme si j'étais ici à la recherche d'une relation sentimentale.

Il aurait voulu répondre quelque chose de drôle, mais elle l'avait réduit au silence. Cette femme parfaite était à sa disposition, sexy, sophistiquée et adepte d'un seul soir. Il n'entrait jamais dans une relation, il les laissait aux faibles et aux dépendants. D'ailleurs, même si l'on n'était pas faible au début, on le devenait quand tout s'écroulait, ou comme dans le cas de son père, quand on vous l'arrachait. Et cela vous détruisait.

Il but lentement pour faire passer ces souvenirs sombres et se concentrer sur le joli cadeau qui se trouvait devant lui.

— Nous sommes deux.

— Dans ce cas, ne préféreriez-vous pas…

Elle se pencha par-dessus la table et leva l'olive jusqu'à sa bouche en lui offrant une vue plongeante sur sa poitrine.

— … partir d'ici et aller nous amuser ?

Elle écarta ses lèvres roses si appétissantes et croqua l'olive en le fixant d'un air de défi. Puis doucement, terriblement doucement, elle fit ressortir le bâtonnet nu de sa bouche.

— Cela fait trois olives désormais, dit-il d'une voix rendue rauque par la sécheresse de sa propre bouche.

— Trois, vraiment ? dit-elle avec un sourire joueur. Vous êtes très observateur.

— Quand cela mérite mon attention, oui.

— Oh ! donc, je mérite votre attention ?

— Après ce verre, absolument, dit-il d'une voix tendue par l'effort qu'il faisait pour se contenir, bien que son manque de contrôle soit si évident qu'il se savait peu crédible.

Mais sur l'instant il s'en fichait éperdument.

— En fait, si j'étais croyant, je penserais que seul le diable a pu inventer des boissons comme celle-là.

— Le diable ? dit-elle en se mordillant les lèvres, ce geste innocent lui faisant perdre ce qu'il lui restait de retenue.

À cause de l'alcool corrupteur…

— Non, l'interrompit-il en se levant tout à coup de son fauteuil pour lui faire face.

Elle le dévisagea d'un air interrogateur. Il savait

qu'il l'avait surprise, mais il ne pouvait pas attendre plus longtemps. Et tant pis s'ils étaient en public.

Il lui prit la main et la tira vers lui, la force de son geste et son peu de résistance collant aussitôt son corps au sien.

— Parce que de telles boissons me font oublier toute décence et me poussent à faire cela, dit-il en l'embrassant.

Il frémit en sentant une explosion de sensations. Elle avait le goût du paradis, des olives, de la vodka, et des traces du gloss de ses lèvres… Elle soupira, et un son féminin et doux s'échappa de ses lèvres quand elle céda à son invasion. Il se perdit en elle. Elle fit glisser ses mains dans ses cheveux, sa langue cherchant désormais la sienne, s'enroulant, l'explorant, le goûtant…

Et tout ce qui l'entourait disparut tandis que ses sens se concentraient sur elle : son baiser, son odeur, la pression de ses seins contre son torse, les petits bruits qu'elle faisait et les vibrations désespérées de son sexe collé contre son ventre.

Il sentit un mouvement dans son dos, le contact d'une chaise et un « excusez-moi » dans un murmure qui se fraya un chemin jusqu'à son esprit embrumé.

— Prenez une chambre ! dit une voix anonyme.

Sa voix intérieure ou une vraie personne ? Il n'en savait rien et il s'en moquait une fois de plus. Mais il aurait dû…

La réalité le rattrapa brutalement. Il devait les faire sortir d'ici. *Tout de suite.*

Il se força à ralentir et essaya de séparer leurs

bouches, mais elle protesta en lui mordant légèrement la lèvre inférieure.

— Rabat-joie, grommela-t-elle en prenant un air boudeur irrésistible.

— Tu es une petite effrontée, ma chérie.

Il aurait dû se sentir plus troublé par son manque de self-control, mais il mourait quand même d'envie de se laisser porter. Quelque chose lui disait que cela valait le coup de se laisser aller. Qu'elle en valait le coup.

Il jeta un œil à la salle, personne ne semblait faire attention à eux. Mais cette voix lui avait paru très réelle.

— Nous étions en train de nous amuser, dit-elle en se collant contre lui avec un regard de tentatrice.

— Nous étions, répéta-t-il, mais je crois que nous pourrions nous amuser beaucoup plus ailleurs. Mon chauffeur peut être là dans cinq minutes.

Elle battit des cils et il sentit son ventre se nouer. Allait-elle lui dire non ?

— Vous avez dit un chauffeur ?

— Oui, dit-il en faisant glisser sa main libre dans son dos pour la serrer contre lui afin qu'elle sente son sexe en érection. Je vous promets de vous ramener chez vous après.

Ne te refuse pas à moi.

Il continua à lui caresser la lèvre de son pouce, adorant la manière dont elle sortait le bout de la langue pour les humidifier.

— Alors vous feriez bien de l'appeler, dit-elle

en repoussant ses doigts d'un baiser chaste. Je vais aller régler.

Et en une seconde, elle s'était libérée de son emprise, avait pris son sac et se dirigeait vers le bar. Il la regarda marcher, fasciné par l'ondulation douce de son corps. Il prit son téléphone et le regarda juste assez pour composer le numéro de son chauffeur qui répondit aussitôt.

— J'ai besoin de vous dans cinq minutes.

— Bien sûr, monsieur Wright. Où allons-nous ?

— À la maison.

Il raccrocha et passa la main dans ses cheveux. Il n'amenait pas de femmes chez lui. Il allait à l'hôtel ou chez elles. Ainsi, il pouvait partir quand il le souhaitait et toujours avant le matin. Mais l'idée de partager cette femme avec des témoins une seconde de plus ou de subir tout le processus de la réservation… Il n'en avait ni la patience ni l'envie.

Mais la ramener chez lui… À quoi jouait-il donc ?

3

Jennifer prit son temps pour se rendre au bar, sentant le regard de l'inconnu rivé sur elle et souhaitant lui offrir un spectacle qui en valait la peine. Sa démarche était souple et assurée, ses hanches roulant plus qu'il ne le fallait pour le provoquer, ses cheveux ondulant à chacun de ses pas.

Si de l'extérieur elle semblait garder un contrôle absolu, à l'intérieur elle était en feu… pour lui. Et le sang qui battait dans ses veines avait atteint une température presque insupportable. Elle voulait qu'ils soient seuls. *Tout de suite.* Mais courir jusqu'au bar n'améliorerait pas vraiment son sex-appeal, même si l'idée faillit la faire rire.

— Bonne soirée ? dit Darren en remarquant son sourire.

— La meilleure, dit-elle en se glissant sur un tabouret.

— Ravi de l'apprendre, répondit-il en lui faisant un clin d'œil complice sans insister plus. Que puis-je vous servir ?

— Les deux additions, s'il vous plaît.

— Bien sûr, dit-il tandis qu'elle le regardait secouer un shaker en métal dans ses mains expertes.

Secoué et prêt à être dévoré, songea-t-elle en souriant voluptueusement. L'idée lui convenait parfaitement.

Cela l'amusait que l'homme ait voulu connaître son nom. C'était un geste délicat, trop délicat. Et elle n'avait pas envie de délicatesse, cela n'apportait que des complications. Le genre qui faisait naître des sentiments, voire des relations. Il n'y avait aucune place dans sa vie pour ces deux choses. Sa carrière passait d'abord. Sa carrière et sa famille. Et elle n'avait pas de temps pour autre chose. *Pas encore.*

Aussi séduisant soit-il, et sexy, et intéressant…

Elle enroula une mèche de cheveux sur son doigt. Non, elle ne voulait de lui que du sexe, définitivement. Quelqu'un comme lui serait bien trop dangereux et bien trop perturbant pour être fréquenté longtemps.

Mais quant à ici et maintenant… Un frisson la traversa en visualisant son regard, son sourire, sa fossette. Elle jeta un œil par-dessus son épaule, il était au téléphone mais il la regardait, comme elle savait qu'il le ferait, son regard brûlant la réchauffant depuis l'autre bout de la salle.

— Voilà, dit Darren en lui tendant un petit plateau en argent avec deux notes.

Elle y déposa sa carte et le vit regarder derrière elle en repartant. Et elle comprit que sa proie avait bougé. Elle pouvait le sentir s'approcher dans son dos, et le duvet de sa nuque se hérissa.

Elle ignora ces sensations, attendant que Darren lui rende sa carte et la salue avant de se retourner.

— J'espère que cela ne vous gêne pas, dit-elle en perdant le fil de ses pensées devant l'intensité de son regard, de son sourire, de sa fossette…

— Me gêner ?

— J'ai aussi réglé votre note.

— Vous avez fait cela ? dit-il d'un ton surpris.

— Absolument. Vous avez toujours l'air aussi étonné quand une femme paie les factures ?

— Je ne peux pas dire que j'en ai l'habitude.

— Bienvenue dans le monde moderne ! dit-elle en roulant des yeux.

Il rit et le son rauque donna un élan supplémentaire à sa libido qui grimpait déjà en flèche.

— Bien noté, dit-il en posant sa main au creux de son dos, faisant frémir ses nerfs d'impatience.

— Nous y allons ?

— À moins que vous ne vouliez que cette femme moderne vous jette sur son épaule et vous porte dehors, je suggère que nous faisions cela, répondit-elle en souriant.

Son rire s'intensifia ainsi que son désir de l'embrasser, et le son grave qui résonnait contre sa bouche la brûla.

Bientôt, Jennifer…

Elle força ses jambes à la porter et ils rejoignirent l'ascenseur. Cette fois, elle nota que le liftier évitait de la regarder. Quel agréable changement. Et, encore plus agréable, la main dans son dos commença à s'aventurer, ses doigts la caressaient plutôt qu'ils ne la tenaient, leur chaleur traversant le tissu léger de sa robe et la faisant trembler…

— Tu as froid ? lui chuchota-t-il à l'oreille.

Elle se reprit aussitôt, de peur de lui sauter dessus et de se donner en spectacle devant l'employé.

— Non.

Mais il n'était pas le seul à pouvoir jouer ce jeu, songea-t-elle en se décalant devant lui afin de pouvoir poser sa main sur le haut de sa jambe.

Il inspira profondément tandis que sa cuisse se raidissait sous sa main, la faisant sourire de satisfaction. *Revanche !*

Elle prenait un plaisir divin à l'explorer, la rigidité de ses muscles s'assouplissait à mesure qu'elle se rapprochait de…

Sa main s'empara de la sienne et la serra fermement, ce qu'elle traduisit comme un ordre de se comporter sagement. *Aucune chance.*

Tandis que l'ascenseur descendait, elle se débattit discrètement jusqu'à ce qu'il relâche suffisamment son étreinte pour qu'elle atteigne son but… Elle le frôla de haut en bas et, quand il siffla contre son oreille, elle sentit une chaleur exquise s'enrouler dans son ventre.

Elle suivit son contour, se délectant de la réaction de son sexe, de plus en plus excitée en découvrant sa taille, son diamètre, sa longueur…

Elle ferma la main et la serra. Il bondit presque et elle sourit. Puis elle le libéra quand les portes de l'ascenseur s'ouvrirent en lui donnant une dernière tape joueuse avant de sortir avec le liftier. Il la suivit aussitôt dans le couloir privé dépourvu de fenêtre.

— Passez une bonne soirée, leur dit l'employé en retournant dans l'ascenseur.

Elle regarda les portes se refermer et la cabine monter, patientant jusqu'à ce que le liftier ait disparu afin de…

Waouh !

Ses yeux et son esprit eurent à peine le temps de saisir son geste et elle se retrouva plaquée contre le mur en marbre froid, ses lèvres chaudes s'écrasant sur les siennes. Il posa une main au-dessus de sa tête, l'autre montant et descendant le long de ses courbes pour l'explorer presque brutalement.

Un tourbillon de chaleur s'engouffra dans son corps, et son ventre se tendit d'un désir si douloureux qu'elle aurait pu pleurer en lui rendant son baiser. Sa langue se battait désespérément avec la sienne pour obtenir encore plus. Mais il s'arracha à leur étreinte et posa son front sur le sien, son souffle haletant contre son visage.

— Tu es une provocatrice.

— C'est toi qui as commencé, dit-elle en écrasant de nouveau ses lèvres sur les siennes.

Il obéit une seconde, laissant sa langue jouer avec la sienne, puis descendit le long de son cou, la léchant et la mordillant si voluptueusement que son esprit se mit à tourner.

— Mon Dieu, oui ! cria-t-elle en se cambrant tandis que ses mains s'insinuaient sous sa veste pour chercher sa peau.

Les muscles durs de son torse se tendirent pendant qu'elle se battait contre sa chemise, explorant, tirant, griffant.

La main qui tenait sa taille descendit alors jusqu'à l'ourlet de sa robe et le remonta pour empoigner sa cuisse, la forçant à enrouler sa jambe autour de lui.

Il releva la tête pour plonger son regard dans le sien, la mâchoire serrée, tandis que sa main suivait le bord de sa jarretelle.

— Tu es dangereuse.

— Tu aimes ?

— J'adore.

Il tira sur la bande élastique de son bas et elle soupira en faisant glisser sa main dans ses cheveux.

— C'est un jeu de pouvoir, répondit-elle dans un souffle.

Il grogna, d'un son animal, avivant un peu plus le feu qui la dévorait, et sa bouche exigea la sienne tandis que ses deux mains s'emparaient de ses cuisses pour l'enrouler complètement autour de lui. L'air froid s'insinua contre la culotte trempée de Jennifer, aussitôt suivi de son sexe dur, le tissu de son pantalon la mettant au supplice. Elle tressaillit de plaisir, et libéra sa bouche pour gémir.

— Je suis en train de perdre la tête, chuchota-t-il au creux de sa nuque en continuant à dévorer sa peau pendant que ses mains la soulevaient plus haut, plaçant la vallée de sa poitrine devant son visage, son haleine brûlante et sa langue intrépide créant une sensation si incroyable que ses seins le suppliaient de continuer.

Mais il se figea tout à coup.

Non !

Elle baissa les yeux sur lui, son corps frémissant encore tandis qu'elle reprenait son souffle. Et elle le sentit… le téléphone qui vibrait sous sa veste.

— Ce doit être mon chauffeur, dit-il d'une voix rauque.

— Bien sûr, répondit-elle en tentant de retrouver un peu de calme malgré la tempête qui faisait tanguer son esprit.

Tremblante, elle reposa ses pieds au sol avec son aide et il défroissa sa veste avant de prendre son portable.

Il se recula et porta l'appareil à son oreille pendant que, de son autre main, il recoiffait ses cheveux ébouriffés. Et cette vision la fit sourire. C'était elle qui lui avait fait cela. Il l'avait laissée faire. Ils avaient tous les deux perdu le contrôle et c'était encore plus excitant.

Elle remit de l'ordre dans sa tenue en se disant qu'elle devrait être reconnaissante de cette pause ; leur spectacle indécent ne leur aurait rien apporté de bon.

Mais le frisson que cela provoquait. Qu'il provoquait. En public… Cela lui plaisait beaucoup trop.

— Nous sommes en chemin, dit-il avant de raccrocher et de se tourner vers elle avec ce sourire sexy et carnassier. Prête ?

— Faisons vite, répondit-elle en le prenant par le bras.

Il éclata de rire et ils remontèrent le couloir ensemble jusqu'à la sortie

Et juste devant la porte, dans la rue embouteillée, serrée dans une place qui n'aurait pas dû la contenir, une limousine noire immaculée et son chauffeur en costume les attendaient.

Si Jennifer doutait encore de ce que lui avait dit Darren, ce n'était plus le cas. Il était définitivement une sorte de directeur général. Et même un qui devait avoir particulièrement bien réussi. Sa carrière à elle aussi était reconnue, mais elle ne possédait pas les revenus qui permettaient ce genre de services.

— Bonsoir, monsieur Wright, dit le chauffeur en la regardant brièvement avant de hocher la tête.

Wright ?

Elle lui sourit. Ce nom lui allait parfaitement. Il ressemblait sans aucun doute à son homme idéal.

— Colin, dit son homme idéal, je te présente Mlle...

Il la regarda d'un air gêné et elle réalisa qu'il ne savait pas quoi faire face à son air mystérieux. Elle rit. Tout cela semblait ridicule désormais. Ils n'avaient pas besoin d'ajouter du mystère au brasier qui brûlait déjà entre eux !

— Mlle Hayes, dit-elle en souriant au chauffeur. Mais vous pouvez m'appeler Jennifer.

Son cavalier se figea et la dévisagea d'un air qu'elle ne put interpréter mais qui la fit étrangement paniquer. Puis il lui sourit et regarda son chauffeur.

Avait-elle rêvé ?

Il faisait sombre et la rue était mal éclairée.

— Donc, Mlle Hayes…

Ne venait-elle pas juste de le dire ?

— … a besoin qu'on la dépose chez elle.

À quel jeu jouait-il ?

— Chez moi ? dit-elle sans pouvoir cacher sa surprise.

Au même instant, le tonnerre retentit et une pluie violente s'abattit sur eux, l'empêchant de continuer. Colin leur ouvrit la portière et il l'entraîna avec lui à l'intérieur de la voiture tandis qu'elle se torturait pour comprendre.

Il n'aurait pas l'audace de l'avoir fait marcher pour la… Non, c'était impossible. Il devait simplement suggérer qu'ils aillent tous les deux chez elle. Mais cela n'arriverait pas. C'était *son* territoire.

— C'est une charmante idée d'aller chez moi, mais je préférerais de beaucoup aller chez toi, murmura-t-elle.

Il ne répondit rien et elle le dévisagea. Il fixait un point derrière elle et son visage impassible lui donna la chair de poule.

— Il y a un problème ?

Son regard revint sur elle.

— Je ne suis pas sûr que ce soit une bonne idée.

— Tu n'es pas sérieux ? répondit-elle, déroutée par son ton lugubre.

Elle n'avait pas imaginé le désir qu'il avait d'elle, c'était le reflet exact du sien. Et s'il avait changé d'avis à la dernière minute, par respect pour elle et toutes ces bêtises sentimentales, elle s'assurerait qu'il les oublie.

Elle laissa sa main effleurer son front, et le sentit se crisper. La circulation était intense et le chauffeur n'était pas encore installé. Elle avait le temps...

Elle leva la tête et caressa sa tempe du bout du nez. L'odeur de son shampoing, fraîche et masculine, la grisa et elle embrassa sa peau, sortant subrepticement sa langue pour le goûter. Puis elle le vit serrer la mâchoire en silence.

— Je te veux, lui chuchota-t-elle à l'oreille en entendant son souffle se raccourcir.

Elle sentait faiblir sa détermination, ce qui la poussa à continuer. Elle se blottit contre lui et laissa sa main descendre vers son torse, puis la boucle de sa ceinture, puis sa cuisse gauche où reposait son sexe. Et elle le sentit gonfler docilement sous sa paume tandis qu'il laissait échapper un juron.

Victorieuse, elle mordilla le lobe de son oreille gauche.

— Tu vois... toi aussi tu le veux.

Elle le serra fort et il prit une inspiration si puissante qu'elle l'entendit siffler. Alors, elle fit le tour de son oreille du bout de la langue, laissant son autre main explorer son corps.

— Dis-moi que ce n'est pas vrai et j'arrête.

— Jennifer..., murmura-t-il en s'appuyant contre le siège, faisant remonter son bassin pour accentuer la pression de sa main.

— Voilà, roucoula-t-elle. C'est bon, n'est-ce pas ?

— Bon Dieu, oui, dit-il d'une voix rauque, reconnaissant de toute évidence ses talents de tentatrice.

Ce pouvoir la grisa et le brasier dans son ventre se transforma en fournaise.

Puis la portière avant s'ouvrit tout à coup. *Merde !*

Ils se redressèrent aussitôt, rougissant comme deux adolescents pris en faute.

Le chauffeur s'installa et tourna la tête en leur jetant un regard parfaitement professionnel, comme s'ils étaient correctement coiffés et que leurs vêtements étaient en place.

— Où allons-nous, monsieur ?

— À la maison.

— Votre maison, monsieur ?

— C'est ce que j'ai dit.

Puis il appuya sur le bouton qui actionnait la vitre opaque, leur laissant leur intimité.

La vitre était à peine fermée qu'il la saisit par les hanches et la fit basculer sur ses genoux. Son geste fut si rapide que Jennifer laissa échapper un cri de surprise. Un cri qui se transforma en gémissement quand elle sentit la rigidité de son érection en le chevauchant, sa robe retroussée sur ses cuisses. Il fit glisser ses doigts dans ses cheveux et poussa sur sa nuque pour coller sa bouche contre la sienne, sa langue forçant le passage tandis que ses mains la pétrissaient brutalement.

Elle se cramponna désespérément à son cou pour garder leurs bouches collées tout en commençant à se balancer sur le tissu rêche, tendu par son sexe dur, en s'abandonnant totalement.

Elle avait vaguement conscience des mouvements de ses mains, de ses doigts qui s'accrochaient au col de sa robe pour la faire descendre, emprisonnant ses deux bras sur les côtés. Puis il la contraignit à se reculer afin de plonger son regard dans le sien. Ses seins se tendirent sous son regard de braise, leurs pointes se dressant sous la dentelle de son soutien-gorge quand il glissa ses mains brûlantes sous le tissu, et elle soupira d'impatience en subissant cette torture exquise.

— Si belle, dit-il doucement tandis que ses doigts faisaient rouler ses tétons douloureux de désir.

Le plaisir s'engouffra en elle, et elle renversa la tête en gémissant.

— Tu aimes cela ?

— Oui ! cria-t-elle.

La combinaison divine de ses mains sur son corps et de sa rigidité contre son clitoris la fit se balancer vivement et elle sentit cette tension révélatrice commencer son ascension.

— J'ai besoin de te voir.

Il agrippa son soutien-gorge et tira brutalement dessus, faisant jaillir ses seins des deux corbeilles. Puis grogna quand ses lèvres se refermèrent sur l'une des pointes, l'aspirant dans sa bouche, la suçant et la mordillant tour à tour. Il fit subir le même sort au second en laissant ses doigts pincer, malaxer et caresser son autre sein.

Au dehors, une voiture klaxonna en même temps qu'une seconde averse s'abattait sur le toit de la voiture. Ces bruits extérieurs lui rappelèrent où ils se trouvaient, mais cela n'eut comme effet que de la stimuler encore plus, chaque cellule de son corps s'approchant de l'explosion.

— Je vais jouir, gémit-elle. Je ne peux pas… Je ne peux…

Il la mordit en réponse, l'incitant à enfoncer ses hanches plus fort contre lui, l'encourageant à monter encore plus haut, encore plus loin qu'elle ne l'avait jamais été avec aucun homme. Et elle cria quand son corps fut pris de spasmes violents, chaque vague la consumant un peu plus que la précédente. Elle l'entendit grogner et il enfouit son visage dans sa nuque, la serrant contre lui, partageant chacun de ses tremblements jusqu'à ce qu'elle s'apaise.

Les joues en feu, elle se redressa, reprenant conscience de ce qui l'entourait.

— Il nous reste combien de temps ?

— À peu près vingt minutes, répondit-il en laissant sa main descendre le long de sa colonne, la faisant frissonner sous son regard ardent.

— Parfait.

— Vraiment… ?

Elle se pencha et déposa un baiser sur son nez, sa bouche, sa mâchoire et, quand elle atteignit son cou, elle sortit sa langue pour lécher sa peau salée.

— Pourquoi est-ce parfait ?

Sa voix chancela sur le dernier mot quand elle posa sa paume sur son sexe pour tester sa rigidité. N'en pouvant plus de pouvoir le révéler à ses mains, à son regard, à sa bouche…

— Il est temps que je te retourne la faveur, dit-elle

en glissant de ses cuisses pour s'asseoir à genoux entre ses pieds.

La voiture tourna et elle enfonça ses ongles dans sa peau.

— Doucement, dit-il en la maintenant par le bras.

Elle leva la tête et lui sourit. Bon sang, il était si sexy.

Elle voulait imprimer cette image de lui dans son esprit, les cheveux en bataille et fébrile. Et elle se sentit de nouveau excitée en le sachant à sa merci tandis que la chaleur de sa main contrastait avec l'air conditionné de la voiture sur sa poitrine découverte. Son clitoris s'était à peine remis, mais les palpitations reprenaient de plus belle.

Elle posa les yeux sur sa ceinture, puis sur sa braguette tendue par son érection. Et elle saliva tout en laissant ses mains remonter jusqu'à ce qu'elle atteigne l'objet de sa fascination.

— Tu es vraiment belle, dit-il en laissant sa main posée sur son bras descendre pour effleurer la peau si fine de son sein.

Savoir qu'il prenait plaisir à la contempler à moitié nue était aussi stimulant que ses caresses. Et elle serra les dents en sentant cette tension germer au creux de son ventre. C'était son tour.

Elle se força à se concentrer, et défit sa ceinture avant de prendre la languette de sa braguette entre ses doigts.

— Tu peux me dire d'arrêter, si tu le souhaites ?

Elle le provoquait volontairement afin d'oublier

son hésitation précédente, elle l'oublierait en obtenant sa reddition totale. Et elle l'obtint.

Il la regarda avec une férocité presque douloureuse, son expression devenant sombre et érotique quand il posa la paume de sa main derrière sa tête.

— Aucune chance.

Elle lui fit un sourire machiavélique et sa réponse impatiente se dressa devant elle quand elle fit descendre le zip.

— C'est mieux.

4

Mieux ? Le mot était faible.

Mais d'un autre côté… cela ne pouvait pas être pire.

Marcus renversa la tête et ferma les yeux en tentant d'ignorer la condamnation morale qui le menaçait.

Il ne devait pas la laisser faire cela. Ils devaient arrêter tout de suite. *Quand elle saura qui je suis… Quand nous devrons travailler ensem…*

Les doigts de Jennifer s'enroulèrent autour de son pénis, annihilant toute pensée, et ses yeux revinrent sur elle.

Bon sang, qu'elle était belle !

Ses yeux verts, vibrants et captivants, tandis qu'ils passaient de son regard à son sexe, l'aveuglaient sur la réalité de la situation et sa gravité.

Elle le sortit complètement et hoqueta en le découvrant en entier. Et son appréciation évidente eut l'effet d'un carburant pour fusée sur son érection. Puis elle fit glisser sa main sur lui, le regard rivé sur son objectif. Le feu qui brûlait son ventre bondit alors à l'extrémité de son sexe, tandis que ses cuisses se mettaient à trembler sous lui. Et il s'accrocha au siège en serrant les dents.

Il allait venir dans sa bouche d'un instant à l'autre.

— Jennifer…

L'effort qu'il dut faire pour prononcer son nom lui donna un accent douloureux.

Mais elle resta concentrée, resserra son emprise et se lécha les lèvres d'un coup de langue rose pour les humidifier. Ce geste était si charnel et électrifiant qu'il rua entre ses mains et elle le dévisagea, les joues en feu et le regard avide.

Il laissa échapper un grognement. Dire qu'elle était belle était bien en dessous de la réalité. Elle était toujours à moitié nue, ses bras entravés par sa robe, ses seins pressés l'un contre l'autre jaillissant de leur écrin tandis qu'elle le caressait, leurs pointes sombres et leur vallée le rendant fou. Comme il aurait aimé s'introduire dans ce tunnel et la regarder en jouissant.

Merde ! Elle va être ton associée en affaires ! Elle n'a aucune idée de qui tu es !

Une chaleur lascive se diffusa dans son corps. Il était foutu. Même s'il savait qu'il avait tort. Cette pensée lubrique avait effacé tout le reste et un peu de liquide séminal s'échappa de son gland enflé. Il baissa les yeux et la vit le frotter de son pouce, faisant glisser facilement son prépuce avec un regard émerveillé comme si c'était la plus belle chose qu'elle ait jamais vue. Puis elle le fixa un instant et baissa la tête.

Merde ! Merde ! Merde !

Le regard rivé sur elle, il enfonça ses ongles dans la garniture du siège quand elle se pencha pour le goûter, lui donnant des petits coups avec sa langue délicate et le léchant comme s'il était une foutue glace.

— Jennifer, soupira-t-il à nouveau.

Il était si près de…

Elle répondit à sa supplication avec un sourire dévergondé et fit glisser sa bouche le long de son sexe, l'enveloppant de son humidité accueillante. Son gland percuta le fond de sa gorge, le sang y affluant aussitôt, et son esprit se mit à tournoyer tandis qu'une chaleur intense se répandait en lui. Elle ondulait en faisant tourner sa langue sur toute sa longueur tout en le suçant tandis que sa main libre descendait entre ses cuisses pour se donner du plaisir en même temps.

Oh oui !

Cette vision lui fit enfoncer son sexe plus loin dans sa bouche et, quand elle hoqueta, il perdit le peu de contrôle qu'il lui restait et il prit sa tête entre ses mains.

— Prends ça !

Elle gémit en réponse, d'un son guttural qui vibra autour du membre qui la pillait. Il l'entendit prendre une inspiration par le nez et elle plongea, le happant plus profondément. Il n'avait jamais rien ressenti d'aussi intense, ou vu quoi que ce soit de plus érotique. Cette rousse à genoux qu'il tenait par les cheveux, les joues rougies par l'effort de l'avaler entièrement, ses petits yeux avides scintillant tandis qu'elle le regardait.

Il lui releva la tête, et le bruit de succion lui fit contracter les testicules tandis qu'elle le fixait d'un air joueur, lui demandant de la guider, de lui donner des ordres…

— Oh oui, ma belle, dit-il en la poussant de sa main pour la faire redescendre et lui imposer son rythme.

L'habitacle résonnait du son de ses joues, dedans, dehors, dedans, dehors…

Il enroula ses cheveux autour de son poignet et s'accrocha de l'autre au bord du siège, perdant totalement conscience d'où ils se trouvaient et de qui ils étaient. Tout son être était concentré sur ses yeux verts lascifs, sa bouche parfaite et son sexe recouvert par sa salive.

Il aurait voulu la prévenir, mais son orgasme le submergea, sa force immobilisant son esprit pendant qu'il lui maintenait la tête, la regardant pendant qu'il explosait en elle. Et ses yeux verts scintillèrent de plaisir.

Elle l'avala en entier comme s'il s'agissait d'un breuvage divin, sa bouche bougeant contre lui tandis qu'elle gémissait, en se balançant entre ses jambes avant de jouir à son tour.

Il ne voulait pas cligner des yeux, il ne voulait pas rater une seconde du spectacle. Il relâcha ses cheveux, ses doigts commençant à la caresser plutôt qu'à la tenir.

Il l'aida quand elle commença à bouger pour

remettre ses vêtements en place et elle lui sourit tout en faisant glisser ses seins dans son soutien-gorge. Cette brève image lui donna aussitôt envie de recommencer. Et ils allaient recommencer, aucun doute, très vite même.

Il savait que le lendemain allait se transformer en enfer, mais pour cette nuit leurs destins étaient scellés et il ne la laisserait pas partir avant de l'avoir mise dans son lit et de l'avoir entièrement possédée.

— Merci, dit-elle en effleurant de ses doigts ses lèvres gonflées.

Et cela le fit vraiment rire. Encore une fois.

— Je crois que ce serait plutôt à moi de te remercier.

— Deux à un. J'ai encore une dette envers toi.

Waouh, il aimait cette idée.

— Dans ce cas, je vais la réclamer dans très peu de temps.

— Merci, répéta-t-elle doucement en déposant un baiser léger sur ses lèvres.

Et une image d'elle, nue et étendue sur son lit, s'imposa à son esprit. Il aurait dû remettre de l'ordre dans sa tenue, mais il avait du mal à contenir son envie de la prendre là, tout de suite, dans la voiture.

Merde, tout cela n'était pas de bon augure pour l'avenir.

Il zippa sa braguette par habitude de la discipline. Il ne se laissait jamais distraire par le sexe. Pas à ce niveau. Et définitivement pas au travail. Et pourtant, c'est bien ce qui était en train de se passer.

Il allait devoir travailler en binôme avec elle aussi longtemps qu'il le faudrait pour qu'il soit certain que sa société suivait la stratégie qu'il souhaitait. Jusqu'à ce qu'elle concrétise sa vision de l'entreprise. C'était peut-être un partenariat à cinquante pour cent, mais il savait d'expérience que tout se passait bien mieux quand il se sentait proche du but.

Serait-elle différente ? Impossible de le savoir. Surtout après ce qui venait de se passer. Il avait laissé ses hormones prendre le contrôle sur sa raison

Au diable tout ça, remets-toi !

Ils avaient couché ensemble, c'était aussi simple que cela. Il ne savait pas qui elle était au début. Il avait essayé de tout arrêter. Mais elle avait insisté, elle avait dit qu'elle ne cherchait rien de sérieux… Et il s'était convaincu que tout irait bien.

Il sentit ses tripes se nouer, ça n'allait pas du tout. Sa libido avait pris le pas sur son sens des affaires. Bon sang, il continuait en plus. Il n'aurait jamais dû laisser cela arriver. Au moment où il avait su qui elle était, il aurait dû tout arrêter. D'ailleurs, il fallait qu'il le fasse tout de suite. Et pourtant…

Elle frissonna contre lui et il la serra instinctivement dans ses bras.

Qu'est-ce qu'il lui prenait ?

— Cela fait du bien, dit-elle en soupirant de fatigue.

Du bien ? Seigneur ! Il ne put s'empêcher de sourire. Elle trouvait cela bien ?

Il s'enfonça dans son siège en se reposant sur l'appui-tête en cuir moelleux, le trouvant étonnamment confortable. Se pouvait-il qu'il ne l'ait encore jamais fait ? Se détendre dans sa voiture avec chauffeur ? Il observa le toit du véhicule, les matières nobles et les lumières douces conçues pour apaiser l'atmosphère, et se rendit compte que la réponse était définitivement non.

Il n'aurait pas dû non plus faire cela maintenant. Pas quand il aurait pu vérifier ses mails, passer des coups de fil, lire les derniers articles de la presse technique, ou se préparer à la tempête probable qui allait s'abattre sur lui et sa nouvelle associée.

Elle émit un petit son, le bruit rassurant contrastant avec le combat qu'il menait contre lui-même. Et il repoussa toutes ses pensées pour sentir son corps chaud s'enrouler autour du sien.

Il s'occuperait de tout cela en temps voulu, mais pour l'instant…

— Monsieur, monsieur… Monsieur Wright !

Ce bruit ne cessait pas tandis qu'il essayait de repousser un poids sur son épaule. *Merde, quoi ?*

Il redressa la tête d'un coup et ouvrit des yeux incrédules. Il s'était endormi !

Il lutta contre son cerveau embrumé, prenant conscience du poids et de la chaleur de sa passagère d'un côté et du froid mordant qui rentrait par la portière ouverte de l'autre. Il fixa la main posée sur son épaule, puis son propriétaire, Colin.

Le regard du chauffeur rencontra le sien, et l'employé se redressa en ôtant sa main.

— Désolé, monsieur, dit-il en se raclant la gorge. Comme vous ne répondiez pas à l'Interphone, je vous ai laissé vingt minutes de plus. Et quand j'ai tapé à la vitre et que vous ne répondiez toujours pas…

— Tout va bien, Colin, répondit doucement Marcus.

Il n'avait pas envie de la réveiller. Elle semblait si paisible roulée en boule contre lui comme une enfant. Il écouta sa respiration profonde et régulière.

Se pouvait-il qu'elle soit à ce point fatiguée ?

Une émotion étrange s'insinua en lui, d'une force telle qu'il détourna le regard. Qu'est-ce qu'il lui prenait, ils ne pouvaient pas rester là…

— Je vais réveiller Mlle Hayes et vous pourrez prendre votre soirée.

— Merci, monsieur. Je peux attendre qu'elle soit réveillée pour la ramener chez elle, si vous préférez.

— Non, répondit impulsivement Marcus, elle peut rester avec moi cette nuit.

Si Colin fut surpris, il sut parfaitement le cacher. Et Marcus l'était bien assez pour eux deux. Rien de tout cela n'était normal.

Mais la situation était réellement hors normes. C'était *la* Jennifer Hayes. La tête de Marcus se remit à tourner. Comment avait-il pu se tromper à ce point ? Il l'avait imaginée bien plus âgée et plus froide, rien à voir avec la bombe qui était collée contre lui.

Elle avait accompli tant de choses et, d'évidence, elle n'avait même pas passé la barre des trente ans, contrairement à lui. Il la serra un peu plus fort en la regardant avec admiration malgré son anxiété grandissante.

Non, il ne pouvait définitivement pas la laisser partir sans lui dire qui il était et ce qu'il serait pour elle dès 9 heures le lendemain. Il devait clarifier la situation et en assumer les conséquences.

Sois maudit Andrews !

S'il était venu et avait fait ce qui était prévu, rien de tout cela ne serait arrivé… *Et merde !* Marcus ne voulait pas cela non plus. Il n'aurait pas voulu effacer cette soirée, même si sa vie en dépendait. Mais il était indéniable que c'était un foutu bordel.

Jennifer s'étira doucement contre lui.

— Hé, dit-il en se penchant. Nous sommes arrivés.

Elle grommela et se serra un peu plus contre lui, le faisant sourire malgré son malaise.

— Allez chercher le portier pour nous escorter, dit-il à Colin. Je vais la porter.

— Bien sûr, monsieur.

Le chauffeur disparut et Marcus reporta son attention sur Jennifer. Il la redressa avant de se glisser hors de la voiture, puis il se pencha pour la prendre dans ses bras et la soulever. Elle se lova naturellement contre lui et posa sa tête au creux de son épaule. Quand il se redressa, Colin était revenu avec le portier.

— Prenez son sac, s'il vous plaît, lui dit-il avant de se tourner vers Colin : À demain 8 heures.

Soucieux de protéger Jennifer du froid, Marcus marcha rapidement vers l'immeuble, mais le portier accéléra pour le devancer et insérer la carte qui actionnait l'ascenseur privé qui menait à son luxueux appartement.

Tandis qu'ils montaient, Jennifer frotta son visage contre lui en faisant des petits bruits charmants qui lui firent une impression étrange. Il savait que le portier faisait de son mieux pour rester professionnel et contenir son amusement.

Bon Dieu, qu'était-il en train de faire ?

Il aurait dû la réveiller, trouver son adresse et demander à Colin de la raccompagner. Mais même en le sachant, il repoussa cette idée. De cette manière, il conservait une chance de garder le contrôle de la situation, de lui dire qui il était et d'en gérer les conséquences.

La cabine s'immobilisa, les portes s'ouvrant sur son entrée privée, et il sortit. Il demanda au portier de poser le sac, et le congédia. Il se tenait désormais debout dans son immense salon, entouré par ses meubles hors de prix, portant à bout de bras une femme qu'il connaissait à peine.

Pour la première fois de sa vie, il n'avait pas la moindre idée de ce qu'il devait faire et cela l'exaspéra.

Tout aurait été différent si elle avait été réveillée, et de nombreuses options traversèrent son esprit. Ils auraient pu, par exemple, avoir une conversation honnête. Ou alors quelque chose de moins vertueux, éventualité qui avait largement sa préférence… Et cette raison était suffisante pour qu'il n'ose pas la réveiller. Pas encore.

Il avait besoin de recouvrer son calme avant que son regard de tentatrice ne se pose à nouveau sur lui. C'était étrange, car il avait toujours pu compter sur son self-control jusqu'à aujourd'hui. Cela devait être dû à la folie du moment. Mais maintenant que l'effet de surprise s'était dissipé, tout allait redevenir gérable. *Elle* serait gérable.

Il regarda les différentes portes. Il y avait deux chambres. Il aurait pu la porter dans la chambre d'amis, mais son corps rejeta cette idée et vint à son aide.

Tu ne peux pas la laisser se réveiller sans toi. Elle ignore même où elle se trouve.

Cette excuse lui suffit. Il marcha d'un pas résolu vers sa suite, en se disant qu'il faisait ce qui était le mieux pour elle, et ouvrit la porte d'un coup de pied. Puis il poussa les couvertures d'une main et l'étendit sur le lit.

Elle se retourna au contact du matelas et son corps se détendit pendant qu'il remontait la couette jusqu'à son menton, sa forme longiligne s'y fondant comme si elle avait toujours dormi là. Et cette onde de chaleur s'insinua de nouveau en lui… Quand la vision d'une femme dans son lit avait-elle été attirante ?

La vérité était… jamais.

Parce qu'il n'avait jamais laissé cela arriver.

Derrière lui, elle laissa échapper un léger soupir qui attira son regard. Elle se retourna en s'accrochant des deux mains à l'oreiller et il sentit sa gorge se serrer. Son corps s'enflamma et il dut contraindre ses jambes à lui obéir pour quitter la chambre et se rendre directement au bar du salon.

Il se demanda ce qu'il avait déjà bu. À peine deux whiskies, il pouvait en supporter un autre. Juste un.

Il se servit une dose raisonnable et allait l'avaler d'un trait quand son téléphone vibra à la réception d'un message. Il regarda l'écran et sentit son ventre se nouer.

Cela fait une semaine que j'essaie de te joindre. Comme la police n'a pas appelé, je suppose que tu es toujours en vie et que tu m'ignores. Rappelle-moi. Grand-mère.

Un sourire doux-amer perça sur ses lèvres. Sa grand-mère n'avait jamais été du genre à mâcher ses mots. Oui, il aurait dû rappeler, quelles que soient les excuses qu'il tentait de se trouver. Car ses grands-parents, malgré leur amour, le faisaient replonger dans son passé. Et le passé pouvait aller se faire voir.

Néanmoins il leur devait un coup de fil, plusieurs même.

Les doigts volant sur le clavier, il promit d'appeler et reposa l'appareil pour reprendre son verre. Il regarda alors le liquide sombre et sentit son estomac se serrer.

Merde.

Il le reposa aussitôt, percevant à peine le choc du verre sur le bar tandis que les souvenirs affluaient dans son esprit, ses poings se serrant pendant qu'il tentait de les repousser. Les souvenirs de ce que l'alcool et le désespoir pouvaient faire à quelqu'un, des nombreux coups qu'il avait endurés d'un père tourmenté et brisé…

Laisse couler. Tu n'es pas lui. Tu ne le seras jamais.

Il marcha jusqu'à la baie vitrée, le regard rivé

sur les lumières de la ville, et prit une inspiration, tentant de se vider l'esprit avant de comprendre que c'était impossible.

Puis il pensa à elle. À ce joli paquet roulé en boule dans son lit. Et, quels que soient les problèmes à venir, il éprouva une forme de soulagement.

5

Elle sentit d'abord son odeur – un soupçon d'eau de toilette, chaude, boisée et définitivement réconfortante pour son cerveau embrumé. Puis elle frotta son nez contre la matière moelleuse et luxueuse qui entourait sa tête. Si douce, si agréable. Bien plus agréable que les autres sensations qu'elle ressentait.

Elle s'étira et se figea soudainement. Elle était toujours habillée. La dentelle de ses sous-vêtements mordait sa chair et le poids de la couette sur ses bas et ses talons aiguilles était terriblement étrange.

Puis elle perçut un bruit léger, reconnaissable entre tous, un ronflement.

Jennifer dormait seule, toujours seule.

Et voilà qu'elle se réveillait ailleurs que chez elle, entourée par une odeur masculine !

Elle se redressa d'un coup, ses poings s'enfonçant entre les draps, clignant des yeux pour s'adapter à l'obscurité. La pièce était immense. Le lit dans lequel elle se trouvait était immense. Et la verrière qui courait tout le long de la chambre était immense.

Puis elle le vit lui, son M. Parfait, son corps

détendu par le sommeil dans un fauteuil à l'autre bout de la pièce, sa silhouette se découpant sur la Tamise baignée par la lune.

C'était forcément un rêve.

Mais si c'était un rêve, elle aurait dû se souvenir d'être rentrée chez elle ? Et tous ses sens ne seraient pas en alerte…

Puis tout lui revint. Le bar, l'ascenseur, le voyage en voiture jusque chez lui dans toute sa splendeur érotique. Et malgré l'inconfort de ses vêtements, elle sentit une onde de chaleur s'enrouler dans son ventre tandis que ses seins se dressaient.

C'était magique ; même dans la pénombre, elle pouvait sentir son appel, son pouvoir…

Sa veste était pliée sur l'accoudoir du fauteuil, sa main posée dessus, tandis que l'autre reposait sur le haut de sa cuisse, ses jambes écartées, ouvertes et vulnérables. Cette vue eut un effet si puissant sur elle que cela l'effraya et elle serra les poings.

Comment un homme pouvait-il avoir une telle emprise sur elle ? Elle aurait dû se sentir satisfaite et détendue. Prête à retourner dans le monde réel et à filer en douce. Pas besoin d'au revoir, ils avaient tous les deux eu ce qu'ils souhaitaient. Mais…

Son regard remonta le long de son corps, s'arrêtant sur le col de sa chemise dont les quatre premiers boutons défaits révélaient le haut de son torse et la courbe puissante de son cou qui reposait sur le dossier, sa poitrine se soulevant au rythme de ses légers ronflements.

Fascinée, elle repoussa les couvertures et se mit

debout, grimaçant en sentant ses doigts de pied douloureux emprisonnés dans ses escarpins. Elle se pencha pour les retirer et sourit en sentant le contact moelleux du tapis.

Avait-il pensé que c'était trop intime de les lui ôter ? Se moquait-il que ses talons aient abîmé ses draps en lin ?

Elle s'avança vers lui à pas feutrés, sans savoir ce qu'elle allait faire et s'attendant à ce qu'il se réveille à tout moment et la cloue sur place avec son regard brûlant de désir.

Mais il ne bougea pas. Sa respiration restait profonde et régulière, chaque expiration rauque provoquant ses sens.

Elle s'immobilisa devant lui et vit son portable, un verre à moitié bu et son sac à main posés à côté de lui. Elle regarda sa montre, 3 heures du matin, il était temps qu'elle parte. Mais son corps refusait d'obéir à sa volonté. L'idée de le quitter sans profiter de lui une dernière fois, de résister à ce désir qui la torturait à nouveau, c'était trop.

Des gouttes de transpiration perçaient entre ses seins et dans le bas de sa nuque, sa peau était moite et sa robe collait à son corps. Elle ressentit un besoin urgent de la retirer, la saisit par le col et la tira par-dessus sa tête.

L'air frais caressa sa peau et un frisson délicieux descendit le long de sa colonne vertébrale.

Elle ne pouvait pas partir. *Pas encore…*

La robe glissa de ses doigts, tomba au sol, et elle fit un pas en avant, ses genoux venant toucher le rebord du fauteuil entre ses jambes. Elle se pencha, posa une main sur l'accoudoir tandis que, de l'autre, elle repoussait une mèche de cheveux qui l'empêchait d'examiner son si beau visage.

Magnifique, même en plein sommeil. Ce type était capable de lui faire dire adieu à ses meilleurs amants si elle lui laissait une chance, elle en était certaine.

Mais un dernier au revoir… Où était le mal ?

Elle effleura sa bouche de la sienne, sentit le whisky sur son souffle et recommença. Ses lèvres s'écartèrent sous sa pression et elle y glissa sa langue. Il était délicieux, tout chaud, parfumé au whisky, à se damner.

Sa main trembla et il ouvrit de grands yeux surpris.

— Jennifer ?

— Chut, dit-elle en posant son index sur sa bouche.

Puis elle inclina la tête et fit glisser sa langue le long de son doigt. Il essaya de bouger sous elle et l'attrapa par la taille mais, malgré les frissons que provoqua ce contact, elle n'était pas prête à lui rendre le contrôle.

— Pas bouger ! lui ordonna-t-elle en plongeant son regard dans le sien tout en appuyant sur ses épaules pour l'immobiliser dans le fauteuil.

Il la regarda à son tour et ses yeux sombres scintillèrent dans l'obscurité. Puis tout son corps se raidit tandis qu'il succombait à sa volonté, la laissant libre de se concentrer sur les boutons de sa chemise qu'elle défit un à un sans jamais le quitter du regard.

Il l'observait en silence, son regard brûlant le sien, ses lèvres, sa poitrine, puis le V de ses jambes quand elle se mit debout face à lui et qu'il laissa ses mains caresser ses bas d'un air fasciné.

Elle fit sortir les pans de sa chemise de son pantalon, et les écarta pour satisfaire ses yeux affamés. La bouche sèche, elle fit glisser le vêtement de ses épaules, sentant sa peau en feu sous ses doigts, ses muscles frémissant sous ses caresses. Leurs respirations saccadées emplissaient la pièce et elle laissa ses mains descendre le long de son torse, jouant avec ses poils et pinçant ses tétons de ses pouces avant de se diriger vers le bas.

Il retint son souffle, sans pouvoir cacher son impatience, et elle sourit quand ses doigts se refermèrent sur sa braguette. Pas de ceinture cette fois, c'était un obstacle de moins. Elle défit le bouton et fit descendre le zip en caressant son érection dans un même mouvement.

Elle posa sa main sur son épaule nue et fit glisser l'autre dans son pantalon, retenant son souffle à son tour quand il rua dans sa paume. Il était si grand, si dur, si prêt.

Elle sortit sa langue pour humidifier ses lèvres et laissa échapper un gémissement impatient en regardant sa main le sortir complètement et ses doigts glisser le long de son sexe.

— Merde ! s'écria-t-il en enfonçant ses doigts dans la chair de ses hanches. Je te veux.

Son regard revint aussitôt sur le sien.

— Moi aussi, je te veux.

Elle se redressa pour attraper son sac tandis qu'il commençait à la caresser, et ouvrit brutalement la pochette.

Il inséra sa main dans sa culotte et frotta doucement d'un doigt le bouton gonflé ; elle tressaillit sous le choc. Il recommença et elle gémit en renversant la tête, oubliant son sac. Il fit rouler son clitoris entre ses doigts, la faisant grimper sur l'échelle du plaisir à une vitesse vertigineuse avec son rythme parfait, sa pression parfaite, son tout parfait.

Elle se balança contre lui en se mordant la lèvre inférieure pour résister à la tension qui allait la rendre folle afin de chercher le petit carré en plastique dans son sac.

Elle le trouva et utilisa ses dents pour déchirer l'enveloppe. Il grogna sous elle, et les doigts de sa main libre remontèrent pour sonder l'entrée de son sexe, la titillant et la provoquant cruellement.

Elle était au bord du précipice, son esprit hurlant « Pas encore » quand elle se força à s'écarter pour lui échapper.

Il s'enfonça dans le fauteuil et elle tomba à genoux devant lui, tendant la main pour prendre possession de son membre rigide et l'offrir à sa bouche. Elle lui donna un petit coup de langue et il gémit en prenant sa tête entre ses mains, son regard torride rivé sur elle tandis qu'elle souriait de bonheur.

Elle posa le préservatif sur son gland et soutint

son regard en le déroulant jusqu'à sa base avant de se remettre debout.

— Retire ton soutien-gorge, lui ordonna-t-il tout à coup.

Elle se mordit à nouveau la lèvre, l'exigence de son ton décuplant son désir pendant qu'elle obéissait à ses ordres et laissait tomber sa lingerie en dentelle à terre.

Il jura entre ses dents, son regard incendiaire brûlant la chair de ses seins libres et faisant se dresser leurs pointes.

— Tourne-toi.

Elle se soumit à nouveau. Elle pouvait sentir en bougeant que le haut de ses cuisses était trempé, le mince tissu de son string ne lui offrant plus de protection contre le flot de son désir.

— Assieds-toi sur moi ! dit-il en la prenant fermement par les hanches.

Un frisson torride la transperça et elle descendit doucement, l'une de ses mains écartant son string pendant que l'autre saisissait fermement la base de son sexe pour le positionner à son entrée.

Son extrémité se fraya facilement un chemin en elle. Et elle se laissa glisser sur lui sans pouvoir retenir un cri, le serrant quand il la remplit si complètement et parfaitement.

— Baise-moi, ma chérie, lui dit-il dans un souffle.

Ces mots percutèrent aussitôt son esprit, son clitoris, son ventre, et il resserra encore sa prise sur ses hanches tandis qu'il la faisait monter et descendre, encore et encore. D'abord doucement, savourant chaque sensation, puis de plus en plus vite, presque désespérément. Son torse se colla dans son dos et ses mains s'emparèrent de ses seins, ses paumes les malaxant tandis que ses doigts pinçaient ses tétons.

— Tu es tellement chaude.

Elle gémit en réponse, ses mains accrochées à ses cuisses pour mieux se propulser contre lui.

— Là, dit-il en lui prenant la main pour la poser sur son sein et serrer sa paume autour de sa propre chair, lui montrant ce qu'il désirait.

— Mon Dieu, oui !

Sa seconde main vola pour faire subir le même sort à son autre sein, ce qui laissa à Marcus les mains libres pour prendre le contrôle de ses hanches une fois pour toutes, la percutant au rythme dont elle rêvait.

— Oui, oui, oui…, cria-t-elle en s'abandonnant au plaisir qui se répandait en elle comme de la lave.

Il attrapa son string et le tira pour le tendre sur son clitoris, et ce mélange de plaisir et de douleur l'enivra tandis qu'il continuait de s'enfoncer en elle, toujours plus loin, la poussant au bord du gouffre.

Et elle explosa. Des myriades d'étincelles brûlantes volèrent en éclats dans son corps, et ses muscles se contractèrent violemment autour de son pénis pour l'emmener. Les tremblements de son corps se mêlèrent aux siens, et il l'enveloppa de ses bras et la serra contre son torse trempé de sueur en l'entraînant dans le fauteuil.

Puis il posa son menton sur son épaule, son

souffle saccadé chatouillant sa peau moite. C'était à la fois merveilleux et triste. Elle se souviendrait de lui comme du meilleur de tous ses amants.

— Nous devons parler, lui dit-il tout à coup.

Ces mots eurent l'effet d'une douche froide sur son corps brûlant, mais elle ne se raidit pas pour qu'il ne devine pas son malaise.

— Plus tard… ou alors demain matin, répondit-elle calmement en se tournant pour embrasser sa tempe. D'abord tu as besoin de dormir. Qu'est-ce qui t'a pris de t'installer dans le fauteuil ?

Il haussa les épaules et son sourire la réchauffa à nouveau.

— Que veux-tu, je suis un homme courtois.

— Tu appelles ce que nous avons partagé ce soir de la courtoisie ?

— Un point pour toi, dit-il en la faisant pivoter pour qu'elle s'asseye sur ses genoux, son sexe au repos contre ses fesses. Mais tu ne t'en plains pas, n'est-ce pas ?

Elle éclata de rire.

— Et que ferais-tu si c'était le cas ?

— Tu ne veux pas le savoir.

Elle aurait voulu le contraindre, lui arracher les mots, mais elle n'osa pas. Il jouait de ses désirs charnels avec tant de facilité et de perfection…

— Vraiment ? dit-elle simplement.

C'était une question qui n'appelait pas de réponse et, pour s'assurer qu'il avait bien reçu son message, elle se pelotonna contre son épaule, les lèvres serrées, tandis que son esprit repoussait toutes sortes de plaintes potentielles.

— Mais pas ce soir, dit-il en embrassant son front avant de se lever en la portant jusqu'à son lit comme si elle ne pesait rien. Je reviens tout de suite, ajouta-t-il en partant vers un couloir qui devait mener à la salle de bains.

— Fais vite, répondit-elle en se glissant sous la couette et en s'apprêtant à faire semblant de s'endormir.

Elle ne voulait pas risquer de retarder son départ à cause d'une conversation. Elle voulait juste s'en aller, et elle le ferait dès qu'il dormirait. Et une soudaine tristesse l'envahit, lui nouant le ventre.

Elle avait eu sa nuit de folie, elle avait obtenu son plaisir. Il était temps de revenir à la réalité, une réalité sans M. Distraction. C'était ce qu'il y avait de mieux. Vraiment.

6

Merde, merde, merde.

Le mot ricochait dans le cerveau de Marcus depuis deux heures, depuis qu'il s'était réveillé en s'apercevant que Jennifer était partie, la seule preuve qu'elle avait réellement existé étant un « Merci », griffonné sur un papier posé sur l'oreiller.

Merci. Au moins, il valait déjà ça.

Mais il savait que la gratitude de Jennifer n'allait pas faire long feu. Dans une heure, quand il se présenterait à son bureau et qu'il lui apprendrait qui il était, il pourrait oublier ses remerciements et toute chance de recommencer, il le savait d'avance.

Recommencer…

Il aurait voulu se secouer. Était-il devenu fou ?

Le sexe n'était rien de plus que du sexe. Et il pouvait en obtenir autant qu'il le voulait.

Mais ce qu'il ne pourrait pas trouver, c'est une autre partenaire d'affaires comme Jennifer Hayes. Et il rit pour lui-même à cette idée.

Le travail devait passer en premier. Il se lasserait d'elle, comme de toutes les autres. Elle ne serait pas différente, il ne le permettrait pas. Et il ne prendrait pas le risque de tester sa résolution. Il avait besoin de retrouver le contrôle de la situation. Rapidement. Il ne lui restait plus qu'à espérer qu'il n'avait pas ruiné leur relation de travail.

Mais c'était une professionnelle et il comptait là-dessus pour échapper à une scène au bureau. Ce n'était pas l'endroit idéal pour qu'elle l'apprenne, mais quel choix lui restait-il ? Un coup de fil était trop risqué. Elle risquait de raccrocher et il ne voulait pas qu'elle l'apprenne par quelqu'un d'autre.

Il prenait aussi le pari que son sens aigu des affaires lui ferait comprendre que, malgré tout, sa présence ne pouvait être que bénéfique à l'entreprise.

Et puis, ils s'étaient tous les deux bien amusés. Cela devait compter pour quelque chose, non ?

Il fit glisser sa main dans ses cheveux et rajusta son nœud de cravate. Le stress n'était pas vraiment son style…

De l'autre côté de la table, Tony Andrews s'était assis et discutait avec son avocat. Des documents circulaient et seul le bruit des stylos signant les contrats fendait l'air. Mais le bourdonnement qui accompagnait d'ordinaire ces moments était absent.

— Il n'est pas trop tard, lui dit son propre avocat en se penchant à son oreille.

Ce n'était pas la première fois qu'il disait cela ce matin. Il était malin et il connaissait bien Marcus après avoir travaillé avec lui pendant dix ans. Il sentait que quelque chose n'allait pas et il supposait que c'était le contrat.

— Non, tout va bien, Roger, dit-il en fixant Andrews qui lui lançait des regards inquiets.

Il vit la lueur de soulagement dans son regard avant de replonger dans ses papiers et il se demanda à nouveau dans quels problèmes cet homme avait bien pu se fourrer.

Il était parfaitement rasé, bien habillé, ses cheveux blonds impeccablement coiffés, mais ses yeux cernés révélaient son stress malgré son apparence lisse.

Il y avait aussi une odeur révélatrice que d'autres auraient pu confondre avec une eau de Cologne un peu forte, mais pas Marcus. Qu'importe qu'il se soit libéré de *lui* depuis deux décennies, cela l'affectait comme si c'était hier. Comme s'il était encore ce petit garçon qui se cachait pendant que son père rôdait dans l'intention de lâcher ses démons sur la seule personne qui ne pouvait pas lui échapper.

Ses ongles s'enfoncèrent douloureusement dans sa paume et lentement il desserra les poings, se força à se détendre et à se concentrer sur Andrews.

Il se serait senti désolé pour cet homme s'il ne s'était pas mis lui-même dans cette situation et que Jennifer doive en subir les conséquences, sa fatigue anormale de la veille lui ayant fait comprendre qu'elle était épuisée. Si Andrews avait été un associé correct qui faisait sa part de travail, elle ne se serait jamais retrouvée dans cet état.

Jennifer… Il serra les dents. Il n'aurait pas dû la croire quand elle lui avait dit qu'ils parleraient le lendemain matin. Il aurait dû s'apercevoir que c'était une ruse.

Bon sang ! Combien de fois avait-il fait la même chose ?

Disparaître avant le lever du soleil, avant les questions et tout espoir d'un avenir... Son ego encaissa le coup même s'il respectait son habileté.

Quelle importance d'ailleurs ? Bientôt elle ne pourrait plus lui échapper. Et il sentit un frémissement au creux de ses reins.

— Monsieur Wright, à votre tour ?

L'avocat d'Andrews lui fit signe avant de glisser vers lui les contrats sur le bois poli de la table.

— Bien sûr, répondit-il en prenant son stylo pour signer là où Roger le lui indiquait.

Il sentait son excitation augmenter à chaque fois qu'il griffonnait son nom. Mais ce n'était certainement pas à cause de cette acquisition. C'était à cause d'elle, Jennifer, contrainte désormais de travailler sous le même toit que lui.

Jennifer passait une matinée abominable.

Que Tony l'ait laissée tomber hier soir était une chose, mais qu'il ne se présente pas pour la réunion générale de la compagnie était une tout autre histoire. Comment leurs employés pourraient-ils faire confiance à leur direction s'il ne daignait même pas leur parler ?

Elle laissa échapper un grognement, et s'effondra dans son fauteuil.

— Hé, ne stressez pas. Vous avez fait du bon travail.

Elle dévisagea Anna, son assistante toujours optimiste et positive, et lui sourit.

— J'aurais pu arriver avec un tutu rose en lisant un conte de fées et vous m'auriez tout de même dit que je faisais du bon travail.

— Bonne idée ! Peut-être pour la prochaine réunion ?

— Je vais rédiger une note, dit Jennifer en éclatant de rire.

— Parfait. Pendant que vous faites cela, je vais voir si j'arrive à localiser notre insaisissable M. Andrews.

— Merci, Anna.

Cette dernière marcha jusqu'à la porte avant de se retourner.

— Vous savez, vous pourriez prendre exemple sur lui et vous accorder une pause. Obligez-le à prendre les choses en mains pour changer.

Jennifer lui fit un sourire évasif. Anna ne voulait que son bien, mais elle ne laisserait jamais les rênes de la société à Tony.

Elle regarda les bureaux, bruyants d'activité de l'autre côté du mur en verre, et les employés qu'elle avait le devoir de protéger. Et elle décida qu'elle insisterait pour qu'il signe le pacte d'actionnaires. Elle n'aimait pas forcer les choses, mais il était plus que temps.

Son avocat serait certainement soulagé. Il ne lui avait pas caché qu'il la trouvait bien naïve de continuer à travailler sans cette sécurité. Mais bon sang, elle était jeune et avait eu l'impression que la vie lui faisait un cadeau quand Tony lui avait proposé de gérer sa société avec lui. Elle n'avait pas imaginé un instant qu'il pourrait autant changer et détruire toute la confiance qu'elle avait en lui.

Résolue, elle fit bouger sa souris pour réveiller son écran d'ordinateur et Marcus Wright lui rendit son regard en le remplissant entièrement.

Oui, elle avait fait des recherches sur lui. Et, oui, c'était la première chose qu'elle avait faite en arrivant au bureau à 7 heures.

C'était étonnant qu'ils ne se soient jamais croisés vu qu'il travaillait dans le même secteur industriel qu'elle. Mais elle portait bien moins d'attention aux personnes qu'aux compagnies et à leurs produits. Et elle connaissait fort bien la sienne.

Quant à lui, il était une sorte de célébrité. Apprécié, estimé, et pas seulement pour ses qualités dans le monde des affaires mais aussi pour son engagement caritatif. Son nom était attaché à de nombreuses distinctions. Comme un assortiment parfait de chocolats dans une boîte magnifique. Comment était-elle supposée la refermer maintenant qu'elle y avait goûté ?

Elle grogna à nouveau et sa tête atterrit dans ses paumes pendant qu'elle se perdait dans la contemplation de son portrait.

— Pourquoi ne pouvais-tu pas arriver dans dix ans ? grommela-t-elle en faisant glisser le pointeur de sa souris sur ses lèvres envoûtantes.

Il était parfait. Tant sur le plan sexuel que sur son CV. Son homme idéal. Sauf qu'elle n'était pas prête.

Ses yeux glissèrent jusqu'à sa photo de famille posée sur son bureau, ses parents, sa sœur et elle, si heureux… Surtout elle. Elle partait pour l'université ce jour-là, frissonnante d'excitation face au futur. Personne n'aurait pu deviner que vingt-quatre heures plus tard son père ne serait plus des leurs. Enlevé aux siens bien trop tôt par une crise cardiaque à force de vouloir toujours être là pour tout le monde. Et elle lui avait promis, comme elle s'était promis à elle-même, qu'elle réussirait comme il en avait rêvé. Et qu'elle sécuriserait l'avenir de leur famille comme il l'aurait souhaité.

Mais elle ne ferait pas la même erreur que lui en croyant qu'on peut tout avoir à la fois, une carrière fructueuse et une famille à soi.

Elle voulait les deux, mais une relation, sa propre famille, cela pouvait attendre. Elle n'avait que vingt-huit ans. Il lui restait du temps pour consolider sa situation financière et améliorer le fonctionnement de sa compagnie afin d'atteindre le bon équilibre.

En tout cas, c'était ce qu'elle pensait avant que sa mère ne tombe malade. Désormais, elle n'était plus sûre de rien. Son ventre se noua douloureusement et elle serra les poings.

Remets-toi au travail… Rien ne peut t'arriver au travail.

Elle regarda l'écran de son ordinateur et fit disparaître Marcus Wright. C'était mieux ainsi. Se noyer dans la comptabilité lui ferait du bien. Elle devait organiser le financement de leur dernier produit et trouver les ressources…

Ses pensées s'interrompirent brusquement quand elle vit quelqu'un sortir de l'ascenseur.

Ce n'était pas… Ce ne pouvait… Elle délirait ?

Elle se catapulta hors de son fauteuil, renversant son café au passage. Le breuvage fumant se répandit sur son bureau, mais elle était incapable de bouger ou de s'en soucier. Tout son être était concentré sur l'homme qui marchait avec assurance vers son bureau – Marcus !

Son cœur s'emballa et des signaux d'alerte résonnèrent dans son esprit. Il l'avait cherchée, traquée, et son cœur se serra même si sa volonté se montrait intraitable.

Il ne peut pas être à toi.

La sonnerie stridente de son téléphone la fit sursauter. C'était Anna et elle pressa le bouton sans même le regarder.

— Pas maintenant.

— Mais j'ai Tony au bout du fil.

Elle devina le froncement de sourcils de son assistante et la vit se retourner pour la regarder à travers la vitre.

— Il dit que c'est urgent.

Elle n'écoutait pas… Pas vraiment.

— Dites-lui que je le rappellerai, j'ai un visiteur.

— Un visiteur ? répéta Anna en laissant son regard glisser sur l'homme qui s'approchait. Très bien, pas de problème.

Elle ne savait pas si elle voulait vérifier qu'Anna était aussi fascinée par lui qu'elle-même l'était.

Mais la seule attention que tu lui accorderas sera une politesse de façade. Tu peux le faire…

Son ventre se serra et elle prit une longue inspiration.

Si quelqu'un l'avait tenu par les parties, Marcus ne se serait pas senti plus à l'aise.

Les yeux de Jennifer étaient rivés sur lui. Il pouvait le sentir. Et que Dieu lui vienne en aide, il n'arrivait même pas à regarder dans sa direction. Andrews lui avait donné des instructions très claires : il n'avait qu'à traverser le vestibule en sortant de l'ascenseur et il la trouverait dans le bureau du fond. Puis il l'avait supplié de le laisser parler à Jennifer en premier.

Ce type pouvait toujours rêver. Il avait raté sa chance. Marcus ne laisserait personne d'autre lui annoncer la nouvelle. Il avait besoin de le faire, besoin de s'assurer qu'elle lui laisserait l'occasion de s'expliquer.

Il s'arrêta devant le bureau de son assistante, une petite blonde qui ouvrit des yeux de merlan frit en le dévisageant, l'écouteur de son téléphone collé à son oreille.

— Bonjour. Je suis venu voir Jennifer Hayes.

— Oh ! oh ! fit-elle sans dire quoi que ce soit de plus à la personne à l'autre bout de la ligne.

— Donc…, dit-il en haussant les sourcils, je peux entrer ?

Elle ne répondit rien. Il entendit alors le son étouffé de la porte qui s'ouvrait, et ses poils se hérissèrent en sentant que Jennifer approchait.

Puis elle lui parla.

— Monsieur Wright ?

Respire…

— Je crois que nous pouvons nous passer du « monsieur », vous ne croyez pas ? dit-il en se retournant.

Elle était si belle qu'il eut l'impression de recevoir un coup de poing dans l'estomac. Pourtant il se reprit et mit son masque d'homme loyal, celui qui lui avait permis de conclure marché après marché. Sauf que, cette fois, il doutait de son succès. La réaction de Jennifer en le voyant avait été si forte qu'il était certain que même son assistante l'avait remarquée.

— Appelez-moi Marcus, reprit-il en lui tendant la main, son regard fixé sur son visage.

Il tenta d'ignorer la manière dont le tissu de sa blouse verte se tendait sur sa poitrine. Ou la courbe délicate de sa nuque accentuée par ses cheveux tirés en arrière en un chignon sévère. Malgré lui, le désir lui brûla la gorge et il toussota quand elle glissa sa main dans la sienne.

Elle le regarda, et dans ses yeux couleur d'émeraude il vit passer une lueur où se mêlaient l'envie, la nervosité et la peur… Puis sa main se referma sur la sienne et ce simple contact avec la peau douce de sa paume eut, juste en dessous de sa ceinture, un effet qu'il ne pouvait s'autoriser.

Il observa son visage en se demandant si elle ressentait la même chose.

Ses yeux scintillèrent, ses joues rougirent sous son maquillage et ses lèvres s'écartèrent légèrement pour expirer, le bout de sa langue apparaissant furtivement sur sa lèvre inférieure. L'alchimie était toujours là, il en était certain. Et l'idée qu'il puisse travailler avec elle en gardant une relation platonique devint aussitôt risible.

Mais il le ferait.

Sa règle de ne jamais mélanger le plaisir et le travail existait pour une excellente raison. Si seulement il avait été capable de s'en rappeler la nuit précédente quand il avait réalisé qui elle était, plutôt que de la laisser…

Un flash-back d'images qui se succédaient fit grimper en flèche sa température et il toussa violemment. Elle sursauta, surprise, et le dévisagea.

— C'est gentil de passer, dit-elle en jetant un regard inquiet derrière lui, consciente de l'attention qu'ils provoquaient. Voulez-vous entrer ? Je suis à vous dès que j'ai dit un mot à mon assistante.

— Bien sûr.

Elle passa à côté de lui et il la fixa, fasciné par l'ondulation de ses hanches soulignées par sa jupe crayon noire.

Reprends-toi !

Il détourna le regard et entra dans son bureau. Il était urgent qu'ils clarifient la situation afin de pouvoir se concentrer sur leur relation… d'affaires… et purement platonique.

La bibliothèque attira son regard dès qu'il franchit le seuil de la pièce. Les livres l'aideraient à s'apaiser. Il explora les titres en effleurant leurs reliures, affaires, psychologie, droit… Il s'arrêta en avisant une petite collection rangée dans le rayonnage le plus proche de la fenêtre. Il en sortit un exemplaire, et sourit en voyant le couple enlacé sur la couverture.

Donc l'incroyable Mlle Hayes était une romantique.

Il entendit un bruit de gorge dans son dos. *Merde.*

Il la regarda par-dessus son épaule : ses bras croisés sur son ventre faisaient ressortir sa poitrine. Il remit le livre en place avant de se retourner, résolu à ne pas laisser ses yeux descendre plus bas que son cou.

— Désolé, ce sont les risques du métier. J'aime comprendre les gens, et leurs livres sont révélateurs.

Il sourit en la voyant rougir quand ses yeux se posèrent sur la collection romantique.

— Du genre fouineur ? dit-elle en haussant un sourcil.

— Que puis-je dire ? Cela rapporte de comprendre les autres.

Elle le surprit en éclatant de rire, puis elle secoua la tête en rejoignant son bureau à l'instant où son assistante entrait avec un rouleau de papier absorbant.

— Voilà, dit-elle en lui tendant le papier. Vous êtes certaine que vous ne voulez pas que je m'en occupe ?

— Je vous en prie, c'est à cause de ma maladresse, dit Jennifer en commençant à éponger le café. Mais merci.

— Je vous laisse faire alors, ajouta son assistante en battant des cils un instant en direction de Marcus avant de revenir vers Jennifer avec le même regard étrange.

Est-ce que cette fille avait toute sa tête ?

— Si vous avez besoin d'autre chose, n'hésitez pas.

— Je le ferai, dit Jennifer, en restant concentrée sur sa tâche.

Marcus suivit son regard et vit une tasse de café renversée et une liasse de papiers détrempés. *Comment avait-il raté cela ?*

Elle redressa la tasse et commença à éponger le liquide.

— Tu veux de l'aide ?

— Tu en as fait assez, dit-elle en le fixant un instant.

— Je ne sais pas comment je dois le prendre, répondit-il en riant sous l'effet de la surprise.

Elle passa sa main libre dans ses cheveux, et le regarda plus longtemps, assez longtemps pour qu'il voie son pouls palpiter dans son cou et des rougeurs lui monter aux joues.

— La vérité est que j'ai pris un choc quand tu as débarqué et le café a encaissé le coup.

— Ah… Dans ce cas, je t'aide.

Il s'avança vers elle en ignorant l'éclair de panique dans son regard, et lui tendit la main.

Elle y déposa à contrecœur quelques feuilles de papier.

— Tu peux t'occuper du parquet.

Il sourit. Relégué au nettoyage des sols ? Il pourrait le supporter.

Mais il aurait dû réfléchir. Car à peine s'était-il baissé qu'il se retrouva face à ses pieds chaussés de talons aiguilles.

Le supporter ? Il serait chanceux s'il parvenait à se relever et à cacher son érection. Mais les chevilles de Jennifer étaient incroyablement sexy. Et leurs courbes délicates s'élançaient élégamment depuis des escarpins dont les talons vertigineux évoquaient un désir charnel si féroce qu'il en était tombé à genoux.

Et il se retrouvait penché en avant, les genoux pressés contre le sol à éponger une flaque. Cela aurait pu être amusant s'il n'avait pas dû utiliser toute sa force pour rester concentré sur sa tâche et ne pas se laisser divertir par ses jambes. Ou le souvenir envahissant de la douceur de la peau de ses cuisses sous sa paume et ce qu'il avait ressenti quand il les avait nouées autour de ses hanches et qu'elle se basculait contre son…

— Tu essaies de faire un trou dans mon sol ?

Il releva la tête et s'aperçut qu'elle le fixait, son regard brûlant rivé au sien quand ils se rencontrèrent.

Dieu, il mourait d'envie d'enfouir sa tête entre ses jambes.

S'ils ne s'étaient pas trouvés dans son bureau, lui expliquer ce qui s'était passé tout en la faisant gémir de plaisir l'aurait peut-être calmé. Et comme elle le regardait toujours, les yeux brillants de pensées secrètes, il s'entendit dire :

— J'aime les choses bien faites.

Elle grommela quelque chose qui ressemblait à :

— Comme si je ne le savais pas.

— Pardon ? dit-il en se relevant pour jeter le papier détrempé dans la poubelle, son corps chancelant dangereusement.

— Rien, répondit-elle en changeant si rapidement d'expression qu'il se demanda s'il n'avait pas rêvé.

Cela n'a pas d'importance. Dis-le-lui. Maintenant.

— Écoute, je..., dirent-ils en même temps.

— Et zut, reprit-elle en lui faisant un sourire gêné. Je suis flattée que tu m'aies traquée jusqu'ici et que tu te sois donné tant de peine. C'est adorable, vraiment, et la nuit dernière... Enfin, la nuit dernière était probablement la meilleure...

Elle ne savait pas comment s'en sortir. Et il en était d'autant plus sûr qu'elle rougissait.

— Ce n'est pas pour cela que je suis là.

— Pas pour cela ? répéta-t-elle en fronçant les sourcils.

— Pas seulement.

Bon sang, avoue-le-lui. Tu as mieux géré des OPA agressives que cette situation !

— D'accord, dit-elle en croisant les bras. Dans ce cas, pourquoi es-tu là ?

Il fit glisser sa main dans ses cheveux. La culpabilité, une impression inhabituelle de malaise et la peur de la faire souffrir l'empêchaient de penser clairement. Il avait pourtant eu le temps de préparer ses mots, de perfectionner ses excuses, mais tout lui échappait maintenant qu'il se tenait devant elle.

— Très bien, dit-il plus à son intention qu'à la sienne pour se donner du courage. Ce que j'ai à te dire n'est pas évident, alors je vais juste le faire comme cela me vient. Mais avant tout, souviens-toi que j'ignorais complètement qui tu étais quand nous nous sommes rencontrés.

— Pourquoi aurait-ce été le cas ?

— Parce que l'homme d'affaires que j'étais censé rencontrer hier soir était… Tony Andrews.

Elle ouvrit la bouche de surprise.

— Tony ?

— Oui.

— Mais pourquoi ? demanda-t-elle en secouant la tête.

— Nous devions parler de cette affaire… De *ton* affaire.

Il vit la confusion envahir son regard, et se força à continuer en ignorant la gêne qui lui nouait la gorge.

— Mon affaire ? dit-elle en secouant la tête plus énergiquement.

Continue, Marcus.

— Cela n'a aucun sens, ajouta-t-elle doucement. Tony n'a jamais parlé de la moindre collaboration avec Tech-Incorp.

Elle rougit légèrement, réalisant manifestement qu'elle en avait trop révélé. Donc, elle avait fait des recherches sur lui ? Il se serait senti flatté si la situation n'avait pas été aussi désastreuse.

— C'est parce qu'il ne s'agit pas d'une simple collaboration.

Elle posa une main sur sa tempe, son expression se modifiant à mesure qu'elle rassemblait visiblement les pièces du puzzle.

— Il était censé t'en avoir parlé. En fait, il devait même venir avec toi hier soir pour que nous puissions en discuter dans un lieu plus détendu, dit-il en sentant les mots qu'il avait préparés lui revenir. Il souhaitait avoir l'opportunité de t'expliquer ses raisons avant que le contrat ne soit signé.

— Le contrat ?

— Il n'arrêtait pas de dire qu'il voulait te l'apprendre lui-même et je l'ai poussé à le faire pendant des semaines, mais ce type n'a aucune parole, dit-il sans cacher sa frustration. Hier soir était sa dernière chance et il n'a même pas été capable de faire cela.

— Sa dernière chance ?

Elle avait l'air perdue désormais, comme si elle n'arrivait pas à croire ce qu'elle entendait.

— Oui, car il avait besoin que l'affaire soit conclue avant ce matin et cela m'arrangeait aussi.

— Cela t'arrangeait aussi ?

Merde…

— Éclaire-moi : qu'est-ce qu'il a signé exactement ? dit-elle d'un ton glacial.

Il soutint son regard. La femme qui avait fait de cette société une entreprise de premier plan était face à lui désormais. La Jennifer d'hier soir avait disparu. Aucune promesse sensuelle dans ses yeux, son expression était dure et froide comme de l'acier.

Et cela lui convenait parfaitement.

Il pourrait travailler avec cette Jennifer-là.

— Il a vendu sa moitié des titres de la société, dit-il en relevant le menton... À moi.

7

— À toi ?

Marcus hocha la tête. Le mouvement fit descendre des mèches de cheveux sur son front, lui donnant un certain charme. Mais il n'avait pas le droit d'être séduisant ou même charmant. Pas quand elle avait envie de crier, de laisser éclater sa colère et de tirer au clair cette histoire ridicule.

Elle s'était fait avoir. Par ces deux hommes.

Le fiel de la trahison se traça un chemin jusqu'à son estomac et elle se sentit nauséeuse.

Elle avait accepté de faire l'amour en restant anonyme, pas de nom, pas d'avenir, rien. Et pourtant lui… savait. À l'instant où elle avait donné son nom à son chauffeur, il avait su qui elle était.

— J'ai essayé de tout arrêter, dit-il comme s'il lisait dans ses pensées.

— Oui, tu as essayé… de toutes tes forces, dit-elle en refusant de reconnaître la réalité de ses paroles.

— J'ai tenté de te ramener chez toi.

— Je sais.

Elle ne s'en souvenait que trop bien. Il avait

essayé et elle l'avait poussé, séduit jusqu'à ce qu'il succombe à sa volonté.

Mais elle ne savait pas qui il était. Lui savait.

— Je voudrais que tu partes.

— Je pense que nous devrions en parler une bonne fois pour toutes.

Elle le fixa en ayant l'impression de voir son vrai visage pour la première fois.

— Pourquoi ? Pour me mentir un peu plus ?

— Tu es injuste, je ne t'ai pas menti !

— Tu as menti par omission.

Elle voyait qu'il cherchait une réponse appropriée et son silence était plus que révélateur. Une partie d'elle-même souhaitait qu'il puisse arranger les choses parce que la brûlure de l'humiliation lui vrillait le cerveau. Elle n'arrivait pas à analyser tous les aspects de cette situation, sa tromperie, l'attirance magnétique qu'elle ressentait toujours pour lui, Tony tentant de se renflouer…

Bon sang… Tony !

Ce type s'était vraiment surpassé cette fois. Comment avait-elle pu être aussi aveugle ? Et si confiante ? Au point d'avoir accepté de repousser leur pacte d'actionnaires ?

Quelle idiote ! Cela aurait empêché ce désastre.

Mais elle ne se serait jamais attendue à un coup pareil. Qu'il saute du bateau en la laissant face à cet homme qui ne pouvait que lui apporter des problèmes.

C'était un foutu désastre.

— Je voudrais que tu partes.

— Je comprends que tu sois en colère et tu en as le droit.

— Comme c'est aimable de ta part, répondit-elle, furieuse de se sentir comme une adolescente renfrognée.

— Mais plus vite nous pourrons mettre cela derrière nous, plus vite nous pourrons nous concentrer sur l'avenir et établir une saine relation de travail. C'est ce qui est le mieux pour nos affaires, après tout, dit-il, faisant mine d'ignorer sa crise.

Les mots manquaient à Jennifer. Plus il parlait, plus il semblait calme et assuré, et elle aurait voulu faire comme lui. Mais le fait qu'elle ne parvienne pas à dominer la situation rendait tout cent fois pire. Et désormais, il se servait de son entreprise comme d'un outil pour la dominer.

Il allait voir !

— Ce qui est le mieux pour nos affaires, c'est que je puisse comprendre les raisons de Tony et me faire à l'idée de ton arrivée. Après cela, nous pourrons parler.

Il hocha la tête, l'air contrarié.

— Cet après-midi alors ? Ou ce soir ? Autour d'un dîner peut-être ?

Après-midi… Ce soir… Dîner…

Elle éclata d'un rire nerveux.

— Tu es sérieux ? Tu penses que je vais juste passer à autre chose, accepter ce qui s'est passé et reprendre là où nous en sommes restés ?

— Bien sûr que non ! s'exclama-t-il d'un ton horrifié qu'elle jugea crédible. Je veux simplement discuter affaires et stratégies. Où et quand, cela n'a pas d'importance. Je n'essayais pas de suggérer que cela puisse être une autre sorte de rendez-vous !

— Pourquoi ? réagit-elle. L'idée te semble tout à coup repoussante ?

— Désolé, c'était très mal formulé.

Il avait au moins la décence d'avoir l'air penaud et cela lui donna un côté petit garçon qui la fit fondre. Que Dieu lui vienne en aide pour qu'elle cesse d'avoir autant envie de lui sauter dessus que de le tuer.

— Je voulais juste dire que ce n'était pas quelque chose que je faisais normalement. J'ai pour règle de ne jamais mélanger le plaisir et le travail.

Elle le dévisagea d'un air incrédule.

— Je me répète, mais tu es sérieux ?

— La nuit dernière était différente, insista-t-il. Les choses étaient déjà allées beaucoup trop loin quand j'ai compris qui tu étais.

Elle garda la mâchoire serrée. Qu'aurait-elle pu lui répondre ? Bien avant qu'il ne découvre qui elle était, elle s'était conduite comme une chatte en chaleur.

Mais cela ne l'excusait pas pour autant.

Elle prit une lente inspiration, se redressa et leva le menton. Que cela lui plaise ou non, elle devait gérer cette situation. Et plus vite elle parviendrait à enterrer ses émotions, plus vite elle pourrait en gérer les conséquences professionnelles.

Et c'était tout ce qui comptait.

— Très bien, dit-elle en faisant semblant de

chercher un papier dans la pile posée sur son bureau. Je vais demander à Anna d'annuler tous mes rendez-vous de demain et nous pourrons parler.

Elle ne releva pas les yeux vers lui, espérant que son ton et son attitude lui avaient fait comprendre qu'il pouvait prendre la porte. Pourtant, de toute évidence, il hésitait. Elle pouvait sentir son regard posé sur elle, et la tension qui remplissait encore la pièce.

— Quoi ? dit-elle en explosant tout à coup, perdant le masque qu'elle s'était composé devant son besoin grandissant de l'injurier. Tu ne peux pas attendre aussi longtemps avant de me revoir ?

Sa flèche atteignit sa cible et il fronça les sourcils.

— Très drôle, Jennifer.

— Si tu trouves cela drôle, j'ai de sérieuses inquiétudes sur ton sens de l'humour.

Il la regarda comme s'il allait répliquer, puis soupira.

— Écoute, je sais que je m'y suis mal pris pour t'expliquer la situation, mais tu sais bien que, plus vite nous pourrons parler stratégie, plus vite nous pourrons mettre cette première rencontre gênante derrière nous.

Il la dévisagea longuement, attendant certainement une réponse. Comme elle ne venait pas, il fit volte-face et partit, la laissant fixer son dos tandis que le mot « gênante » ricochait comme une provocation dans son cerveau.

Gênante ?

Gê-foutu-nante ?

Ce type était un abruti !

Elle allait lui montrer ce que « gênant » pouvait vraiment signifier. Puis elle sentit ses jambes se mettre à trembler et son estomac se retourna. Et elle ne regretta plus de ne pas avoir pris de petit déjeuner car il aurait fait un aller-retour à l'instant même.

Elle était capable de gérer cela. Elle devait juste couper le problème en deux parties, ou plutôt en deux hommes, et s'en occuper l'un après l'autre.

Premier nommé : Tony.

Elle s'effondra dans son fauteuil, puis tendit le bras pour appuyer sur le bouton d'appel d'Anna sur son téléphone. Elle saurait d'où Tony l'avait appelée. Anna n'était pas seulement son assistante, elle était aussi une très bonne amie de la femme de Tony. Et Jennifer ne le laisserait certainement pas avoir cette conversation par téléphone.

Elle tambourina à la porte en résistant à son envie d'appuyer sur la poignée. Ce qu'elle aurait réellement aimé faire aurait été de l'abattre avec une masse et de confronter Tony, où qu'il se trouve.

Elle savait que Lucy n'était pas là. Apparemment, son épouse lui avait dit ses quatre vérités et était partie avec leur bébé. La durée de leur absence dépendait de lui. Les choses étaient bien plus graves que ce que Jennifer avait cru, et pires que ce qu'Anna avait compris.

La culpabilité se mêla à sa colère. Elle aurait dû s'en apercevoir. Si elle n'avait pas eu tant de choses à faire, cela aurait sans doute été le cas. Mais vendre leur entreprise sans même lui en toucher un mot, lui imposer un étranger, était la trahison ultime.

Elle le vit approcher à travers le verre biseauté de la porte noire, et recula. Puis elle entendit le bruit du verrou et, quand la porte s'ouvrit sur Tony, elle ravala son cri. Il avait terriblement mauvaise mine. Ses cheveux blonds pendaient le long de son visage, ses yeux étaient vitreux et enfoncés entre deux poches sombres.

— Jenny, grogna-t-il en clignant des yeux, une bouteille de whisky à moitié vide à la main, l'autre appuyée sur le chambranle.

— Tu penses me laisser entrer ?

— Tu es certaine de le vouloir ? dit-il en articulant difficilement tout en regardant par-dessus sa tête d'un air mauvais comme s'il craignait que quelqu'un l'ait suivie.

— Je ne pense pas que tu aies envie d'avoir ce genre de conversation en pleine rue.

Il grogna à nouveau, puis ouvrit la porte en grand.

— Fais comme chez toi.

Jennifer entra. Elle retint sa respiration pour échapper au souffle alcoolisé de Tony en passant à côté de lui, et continua vers le couloir qui menait au salon.

Il ne devait pas être seul depuis longtemps, la maison était bien trop propre et rangée au regard de son état d'hébétude.

Elle ôta son manteau et le jeta sur l'un des canapés beiges sans s'asseoir. Elle n'était pas prête à faire comme chez elle. Alors, elle marcha jusqu'à la fenêtre et attendit jusqu'à ce qu'elle entende sa démarche traînante dans son dos.

Elle tenta de rassembler sa colère et sa douleur, mais, quand elle se retourna, tout ce qu'elle ressentit fut de la tristesse. Il était livide, ses cheveux poisseux, sa chemise pendant à moitié ouverte et ses pieds nus émergeaient de son pantalon de costume.

— Je vais faire chauffer la bouilloire, dit-elle en soupirant.

— Sers-toi ce que tu veux, répondit-il en prenant une longue gorgée de whisky qui le fit grimacer.

Elle devait faire un cauchemar !

Elle traversa la pièce et posa sa main sur la bouteille.

— Laisse-moi te donner un verre, dit-elle.

Tony regarda fixement sa main et cligna des yeux.

— J'ai tout ce qu'il me faut.

— Un thé me semblerait plus indiqué.

Il résista, mais seulement un instant, avant de laisser sa main retomber.

— Ah, Jennifer, tu sais toujours ce qu'il faut faire.

— Et ne t'avise pas de l'oublier !

Elle était parvenue à le dire d'un ton jovial et confiant, mais elle tremblait à l'intérieur et elle dut lutter pour ne pas pleurer. Elle devait s'éloigner de lui avant de craquer.

— Va t'asseoir. Je reviens dans une minute.

Il se traîna jusqu'au canapé le plus proche et s'y écroula. Elle se dépêcha jusqu'à la cuisine, prit deux tasses et alluma la bouilloire. Puis elle posa ses mains tremblantes sur ses yeux pour repousser ses larmes.

Depuis combien de temps allait-il aussi mal ? Pourquoi ne s'en était-elle pas aperçue ?

Elle voulait qu'il lui dise la vérité, toute la vérité, et elle aurait voulu qu'il le fasse la veille. Mais pour l'instant, elle se contenterait de retrouver le bon vieux Tony. Celui qui lui avait permis de lancer sa carrière et lui avait offert le soutien nécessaire pour qu'elle arrive là où elle en était aujourd'hui. Elle lui pardonnerait tout et gérerait ce qui serait nécessaire, même Marcus…

L'eau se mit à bouillonner bruyamment en même temps qu'elle entendait un fracas de verre brisé.

Quoi encore ?

Elle traversa rapidement le couloir en sentant son pouls s'affoler et entra dans le salon juste à temps pour voir Tony se pencher afin de ramasser les morceaux d'un cadre photo.

— Attends ! cria-t-elle en courant pour se pencher devant lui. Je m'en occupe.

Il ne sembla même pas la remarquer quand il prit la photo de famille sous les débris de verre.

— Qu'est-ce que j'ai fait ?

— Ne t'inquiète pas, dit-elle en posant sa main sur son genou. Tout ira bien, tu verras.

— Comment cela pourrait être possible ? dit-il en sanglotant, son regard perdu lui fendant le cœur. J'ai tout gâché. Mon travail, ma famille… Tout.

— Tout peut être réparé… Je te le promets, dit-elle,

désespérée de ne pas parvenir à le calmer. Allez, soulève tes pieds que je nettoie cela.

Lentement, il fit ce qu'elle lui demandait, puis elle courut à la cuisine en se répétant que tout irait bien. Elle lui trouverait l'aide dont il avait besoin, qu'il l'accepte ou pas. Et Lucy la soutiendrait certainement.

Quant à Marcus, à quel jeu jouait-il en rachetant habilement les actions d'un homme qui n'avait plus toute sa raison ? Au diable ses dons aux œuvres de charité et son image publique exemplaire, ce salopard allait devoir en répondre.

Et elle s'en assurerait elle-même.

8

Marcus appuya sur le bouton pour augmenter la vitesse de son tapis de course. La musique résonnait autour de lui, son souffle saccadé ressemblait à un grognement et, malgré la sueur qui coulait le long de son dos… Jennifer était toujours là, obsédant ses pensées et provoquant son désir.

Il fit passer son T-shirt par-dessus sa tête et s'en servit pour s'essuyer le visage et le torse avant de le jeter au loin. Il n'arrêterait pas tant qu'il ne se serait pas libéré d'elle.

Il essayait de se persuader que c'étaient les affaires qui le préoccupaient autant et qu'ils devaient discuter stratégie au plus vite afin de s'assurer qu'ils étaient sur la même ligne.

Mais de qui se moquait-il ?

Il avait tenté de travailler, de se concentrer sur quelque chose d'autre qu'elle, mais elle était toujours là. Son attirance pour elle résonnait encore dans son corps bien après qu'il l'eut quittée.

Cela n'avait pas d'importance qu'elle soit en colère contre lui, qu'il ait failli tout faire rater et mis leur relation de travail en danger. Son corps s'en moquait totalement.

Et ce n'était pas acceptable.

Il appuya à nouveau violemment sur le bouton, sa frustration lui donnant un regain d'énergie. Il s'épuiserait jusqu'à ce qu'il parvienne à trouver un moyen de retrouver son contrôle.

L'écran de son téléphone émit un flash lumineux et il jura. Il ne voulait pas être interrompu. Il n'était pas prêt à arrêter.

Il regarda le numéro et réalisa que c'était le portier. Il n'aurait pas appelé si ce n'était pas réellement important. Il ralentit la vitesse, baissa la musique et enclencha le haut-parleur.

— Oui ?

— Monsieur, Mlle Hayes est ici et voudrait vous parler.

— Mlle Hayes ? dit-il en arrêtant la musique.

— Oui. Dois-je la faire monter ?

Il sentit son pouls s'accélérer. Et si elle avait changé d'avis ? Et si elle ne pouvait pas attendre demain pour le revoir ? Et si elle l'avait traqué jusque chez lui ?

— Monsieur ?

— Oui, dit-il en repoussant ses cheveux trempés de sueur tout en se regardant dans le miroir. *Les affaires. Il s'agit de parler affaires.* Faites-la monter !

Il prit la serviette et raccrocha avant de faire défiler sa liste de contacts. Il parlerait avec Jennifer, puis il sortirait avec une autre femme juste après elle. Il avait le choix… Même si aucune compagne appropriée ne lui venait à l'esprit pour l'instant, il en trouverait bien une.

Il s'arrêta devant la porte miroir et réalisa qu'il était à moitié nu. Devait-il s'habiller ? Il n'était pas vraiment vêtu pour une discussion professionnelle. Mais tant pis, après tout à quoi s'attendait-elle en venant sans être invitée ? Si le voir dans cette tenue la faisait souffrir autant que ce qu'il endurait lui-même en ce moment, alors cela en valait le coup.

Il sourit, rangea son téléphone dans la poche de son short et attrapa à deux mains la serviette posée sur sa nuque avant de s'appuyer contre le mur pour l'attendre.

Les portes de l'ascenseur s'ouvrirent sur le portier qui se recula pour laisser passer Jennifer. Elle s'immobilisa à mi-chemin et ses lèvres s'écartèrent de cette manière qui le fascinait.

— Marcus ?

— En chair et en os, dit-il en se redressant.

Il la quitta quelques instants des yeux pour congédier le portier et le remercier. L'employé acquiesça et pressa le bouton pour repartir.

Jennifer portait les mêmes vêtements que ce matin, recouverts d'un long trench-coat beige, le genre qu'elle porterait sans rien en dessous quand le besoin s'en présenterait.

Le sexe de Marcus frémit. *Termine cette discussion. Tu pourras t'amuser plus tard. Et pas avec elle !*

— Alors, que me vaut le plaisir ?

Elle fit descendre son regard tout le long de son corps et ses yeux se mirent à briller tandis que ses joues s'enflammaient. Puis elle avala sa salive et son visage redevint impassible quand elle se rapprocha de lui.

— Tu pourrais faire quelque chose pour moi ? lui demanda-t-elle en s'arrêtant à portée de bras.

Les mots « tout ce que tu veux » brûlèrent la langue de Marcus.

— Quoi donc ?

Elle posa une main sur sa poitrine et ce contact inattendu figea l'air dans ses poumons. Il retint sa respiration tandis qu'elle faisait glisser ses doigts le long de ses pectoraux.

— Tu ne le devines pas ? dit-elle d'une voix suave.

Il suivait sa main du regard et la délicatesse de son toucher envoya des vagues de plaisir directement dans son pénis rebelle.

Qu'est-ce qu'il lui prenait ?

Il lutta pour garder les idées claires et s'en tenir à son plan d'action… Celui qui était raisonnable.

— Étant donné que tu n'en pouvais plus de te débarrasser de moi, il y a à peine quelques heures…

Il s'interrompit quand ses doigts atteignirent la ceinture de son short, baissa les yeux et vit son sexe gonfler sous ses caresses à quelques millimètres de l'endroit où il aurait souhaité les sentir. Sa bouche s'assécha et ses muscles encore chauds se raidirent d'anticipation.

— Non, je ne devine pas, répondit-il en se maîtrisant.

Les affaires. Rien d'autre que les affaires. Mais bon

sang, cette envie de la pousser, de voir jusqu'où elle irait…

— Il va falloir que tu m'éclaires.

Elle se rapprocha et son regard remonta sur sa bouche.

— Non, c'est toi qui vas devoir le faire, dit-elle en prenant les deux extrémités de la serviette dans ses mains pour l'obliger à se baisser.

Il se dit qu'il devait se dominer, tout arrêter avant que cela n'aille trop loin, mais sa tête se pencha quand même. Son parfum enivrait ses sens et sa bouche l'hypnotisait.

Dieu, il la voulait si fort.

Elle était à portée de souffle quand l'ambiance changea tout à coup. Son regard se braqua sur le sien et elle le repoussa vivement.

— Tu pourrais commencer par me dire à quel jeu vicieux tu joues ?

Il tituba en arrière, la surprise lui faisant perdre son équilibre. Elle était bien plus qu'en colère, il le comprenait désormais. Ses yeux qui lançaient des éclairs étaient devenus aussi incendiaires que sa chevelure.

— Bon sang, Jennifer ! grogna-t-il en faisant glisser ses mains le long de son visage, son désir qui continuait à le brûler augmentant sa confusion. Je pourrais te poser la même question, venir, me sauter dessus et…

— Non, coupa-t-elle. Cette petite scène ne servait qu'à me sentir mieux. Ne t'y trompe pas, je n'ai pas l'intention de continuer.

— Réellement ? dit-il en secouant la tête.

Donc c'était une revanche ?

Il s'agissait de lui rendre la monnaie de sa pièce pour le tort qu'il lui avait fait. Cela, il pouvait le comprendre, le respecter même, mais le reste… ?

— Tu as fait tout ce chemin juste pour m'allumer ?

— Bien sûr que non. Il y a beaucoup de choses dont je souhaite parler avec toi.

Plein de choses qu'elle voulait lui reprocher si son comportement était un indice fiable. Mais après tout, il le méritait.

— Dans ce cas, nous ferions mieux de nous asseoir dans le salon.

Aucune chance qu'il ait cette discussion à moitié nu ou avant d'avoir pris une bonne douche froide.

— Donne-moi dix minutes.

— Où vas-tu ? dit-elle en fronçant les sourcils.

— Prendre une douche, seul, à moins que tu n'aies envie de me rejoindre, dit-il en prenant un air de défi.

Elle rougit.

— Non, je ne pense pas, répondit-il à sa place. Écoute, j'ai besoin de cette douche. Tu peux attendre ou partir, et nous parlerons demain. À toi de choisir.

Sur ces mots, il fit volte-face et s'en alla. Son intention était de lui faire croire qu'il s'en fichait. Alors qu'en réalité il avait besoin de mettre de la distance entre elle et son sexe douloureux qui tendait le tissu de son short. Et qui, de toute évidence, ne voulait pas accepter de s'être fait avoir.

Jennifer le fixa, les mains posées sur les hanches, l'esprit confus tandis qu'elle luttait pour mettre de l'ordre dans ses émotions contradictoires.

Elle était ivre de rage. Elle avait préparé son attaque pendant le trajet en taxi, bien déterminée à le séduire pour mieux le repousser et prendre sa revanche sur la façon dont il l'avait traitée. Et quand elle aurait savouré sa victoire, elle l'aurait mis en pièces pour la manière dont il avait obtenu cet accord avec Tony.

C'était un bon plan.

Mais elle n'avait pas envisagé d'être accueillie par un Marcus à moitié nu, les muscles luisants de sueur, si viril et appétissant qu'elle avait eu du mal à en croire ses yeux. Et cette vue avait suffi à la figer et à lui faire mouiller sa culotte.

C'était honteux. D'autant plus qu'il était parvenu à la déstabiliser facilement à son tour après leur petit échange. Elle se sentait furieuse.

Pourtant, elle avait réussi à le prendre à son propre jeu. C'était évident, son érection la suppliait de continuer et elle s'en serait réjouie si elle n'avait pas dû utiliser tout ce qu'il lui restait de force pour le repousser.

Pourtant, malgré sa colère et son dégoût pour ce qu'il lui avait fait, à elle comme à Tony, elle le désirait toujours. C'était impardonnable, insupportable et indéniable.

Elle aurait voulu crier de frustration, mais sa raison reprit le dessus. Elle ne prendrait jamais le risque qu'il comprenne à quel point elle l'avait dans la peau. Alors, elle détourna le regard de ses fesses musclées et se rendit dans le salon, ses talons claquant sur le parquet.

Elle ne s'était pas attardée la première fois qu'elle était venue dans son appartement. Elle avait navigué dans le noir, tâtonnant pour trouver la sortie, ses mains encore chaudes d'avoir caressé son corps. Un corps dont elle avait senti qu'elle possédait un droit absolu de le toucher, de le dévorer et d'en tirer tout le plaisir possible.

Quelle idiote !

Elle se renfrogna tandis qu'elle repoussait ses souvenirs, et entra dans le salon.

La pièce était réellement impressionnante. La baie vitrée offrait une vue stupéfiante sur le soleil qui se couchait sur la ville. Un immense canapé d'angle de couleur crème, couvert d'un assortiment d'immenses coussins, occupait une partie de l'espace. Des tapis épais couvraient le sol, adoucissant la sévérité du parquet.

Dans le coin, arrêtant son regard, se dressait un merveilleux piano de concert. Il l'appelait et elle sentit une émotion douce-amère l'emporter dans un autre espace-temps.

Elle se dirigea automatiquement vers lui, jetant au passage son manteau sur le canapé. Elle caressa du bout des doigts les courbes familières avant de s'arrêter quand elle atteignit le couvercle du clavier.

Cela la démangeait de l'ouvrir.

Savait-elle encore en jouer ?

Se souvenait-elle de ce que lui avait appris son père ?

Elle mordit sa lèvre inférieure, souleva le couvercle et laissa ses doigts jouer sur les touches. Les notes s'élevèrent dans l'air et elle tourna un regard anxieux vers l'entrée.

Et flûte ! Quelle importance après tout ?

Elle avait besoin de faire quelque chose en l'attendant, n'importe quoi qui l'occuperait…

Elle s'assit sur le banc, testa une mélodie, surprise par ce dont elle se souvenait. Un calme réconfortant l'envahit tandis que ses doigts volaient sur le clavier.

Cela lui avait manqué. Il était peut-être temps qu'elle achète un piano pour son appartement. Puis elle rit intérieurement, il ne pourrait jamais y entrer. Il aurait fallu qu'elle déménage. Et de toute façon, il ne serait jamais aussi beau que celui-ci… Elle pensa à celui qui était resté dans sa maison du Yorkshire. Elle ne pouvait pas le faire transporter jusque chez elle. Cela ne lui aurait pas semblé normal. Même si personne n'en jouait, tant que sa mère serait en vie, sa place était là-bas.

Sa mélodie changea avec son humeur et une vague de mélancolie l'envahit.

Elle joua et joua encore, se détendant peu à peu, perdant la notion d'où elle se trouvait jusqu'à ce que l'air se fasse plus lourd et qu'elle reprenne conscience de ce qui l'entourait. Ses doigts se figèrent brusquement et elle se tourna vers l'entrée.

Elle ignorait depuis combien de temps il était là. Tout juste douché, ses cheveux mouillés bouclant autour de son visage, il portait un T-shirt gris à manches longues, qui mettait en valeur les muscles de son torse, et un jean délavé dont le bas laissait apparaître ses pieds nus.

Elle avala sa salive.

Il était peut-être vêtu de manière décontractée, mais l'expression de son visage était dure et fermée. À l'exception de son regard. L'émotion qu'elle y lut la brûla depuis l'autre bout de la pièce. Cette maudite chaleur enflamma son corps et elle ôta vivement ses mains du clavier en se sentant coupable.

— Je suis désolée.

— Ne le sois pas. Tu joues très bien.

Il n'y avait aucune émotion dans sa voix, comme si elle avait tout imaginé.

— Je peux t'offrir quelque chose à boire ?

— Je suis vraiment désolée.

Dieu, pourquoi continuait-elle à s'excuser ? Il lui avait dit que tout allait bien. Mais elle n'arrivait pas à le croire…

— Cela faisait longtemps que je n'avais pas joué et, quand j'ai vu le piano, je n'ai pas pu résister.

— Ce n'est rien, dit-il en prenant une bouteille. J'étais juste surpris, je ne connais pas beaucoup de gens qui savent jouer.

Il la rejoignit, deux verres de vin rouge dans les mains, et lui en tendit un. C'était présomptueux de sa part, mais c'était exactement ce dont elle avait besoin.

— Merci.

Il la regarda quand elle porta le verre à ses

lèvres, puis baissa les yeux un instant avant de les plonger dans les siens. Ce fut très bref, mais elle sentit la trace que son regard avait laissée sur sa peau, comme la chaleur de l'alcool quand il lui coula dans la gorge. Son pouls s'accéléra.

Elle détourna le regard pour se protéger et lui cacher l'effet qu'il lui faisait, mais il fit un petit sourire. Avait-il compris ?

— Pourquoi ne t'assiérais-tu pas ?

Elle ravala l'idée ridicule de lui répondre : « Je préfère rester debout. » Cette entrevue ne serait ni simple ni rapide, et s'asseoir était logique. Même si cela lui semblait bien trop confortable et décontracté dans ces circonstances.

Sentant qu'il la fixait toujours, elle marcha jusqu'au canapé avec une grâce délibérée et s'assit dans un coin, son verre au creux des mains.

Il la suivit, son parfum frais et propre l'entourant quand il passa devant elle pour s'asseoir à ses côtés. Il était assez éloigné pour qu'ils ne se touchent pas, mais pas assez pour que son odeur cesse de provoquer son désir et de lui assécher la bouche. Ce qui n'était pas vraiment compatible avec la raison de sa visite. Elle reprit une gorgée pour laisser le vin l'apaiser.

Pense à Tony.

Pense aux mensonges de Marcus.

Pense à toutes les mauvaises choses, bon sang !

— Alors, tu vas me dire pourquoi tu es venue, ou il faut que je te torture ?

Cela suffit à la réveiller et elle le fusilla du regard.

— Je suis surprise que tu ne le devines pas.

— J'aimerais croire que tu as du mal à rester loin de moi, mais, étant donné ta réaction, ce n'est d'évidence pas le cas.

— Tu ne te fais pas d'illusions, c'est déjà cela.

— Touché, dit-il en haussant un sourcil avec son petit sourire à se damner.

Elle se laissa porter un instant par son charisme et son charme décontracté, puis sentit un signal d'alerte interne s'allumer. Il représentait un vrai danger pour elle, et à de nombreux niveaux. Il était soit un sacré salaud, soit un homme qu'elle pourrait apprécier, vraiment apprécier comme…

Comme ? Devenait-elle folle ? Ses mensonges ne lui avaient pas suffi ?

— Comment as-tu pu faire cela ?

— Faire quoi ?

— Coucher avec moi alors que tu savais que nous allions travailler ensemble ? Me laisser faire toute sorte de…

Sa voix s'éteignit et des souvenirs, désormais teintés de honte, la brûlèrent. Elle baissa les yeux et dut reprendre une gorgée de vin pour pouvoir parler.

— Comment as-tu pu ?

— Je suis vraiment désolé.

— Ce n'est pas suffisant ! s'exclama-t-elle en sentant sa colère monter.

Cela n'avait pas d'importance que ses excuses semblent sincères, elle avait besoin de plus qu'un simple « désolé ».

— Tu n'as pas pensé à ce que j'allais ressentir ? À quel point j'ai été mortifiée quand j'ai compris que tu n'avais volontairement rien dit ? Que tu m'avais laissée faire tout cela en sachant que nous allions nous asseoir ensemble dans une salle de réunion en devant rester professionnels ?

Les jointures de la main qui tenait son verre blanchirent ; il allait le briser s'il continuait à le serrer autant. Et elle se surprit à souhaiter presque que cela arrive. Du vin rouge répandu sur ses meubles de luxe était peu de chose par rapport à ce qu'il méritait.

— Je n'y pensais pas, répondit-il doucement. La vérité est qu'il n'y a aucune excuse à mon comportement.

— Donc, tu ne vas même pas essayer ?

— Cela n'aiderait en rien.

— Laisse-moi en être juge.

Il l'observa un long moment, l'air hésitant.

— Très bien, je vais te donner mon excuse, finit-il par dire, si tu me promets que cela n'affectera pas notre relation.

— C'est un peu tard pour cela, répondit-elle d'un ton cynique.

Il la regarda encore, son combat intérieur se lisant sur son visage. Puis ses épaules s'affaissèrent et ses yeux devinrent sombres.

— La vérité est que j'ai été fasciné à l'instant où tu es entrée dans ce bar.

Elle sentit ses cils battre au rythme de son cœur, mais elle resta droite, refusant de détourner le regard.

— Et quand tu as semblé intéressée, toi aussi, j'aurais remué ciel et terre pour t'avoir.

Jennifer avala sa salive et sentit se répandre dans son ventre une chaleur qui n'avait plus le moindre rapport avec la honte. Le mur de colère qu'elle avait érigé pour se défendre commença à s'effriter dangereusement.

— Comme je te l'ai déjà dit, continua-t-il, quand j'ai appris ton identité, j'ai essayé de tout arrêter. Mais tu sais être très… persuasive quand tu en as envie.

— Tu aurais quand même pu le dire.

— Je sais, reconnut-il. Si les circonstances avaient été normales, avec n'importe quelle autre femme, je l'aurais fait, j'aurais pu le faire. Mais pour une raison inconnue, je n'y suis pas arrivé. Je n'étais même plus capable de réfléchir. Je ne pouvais pas penser à autre chose qu'à ce que tu me faisais.

— Tu espères me faire croire qu'un homme comme toi est gouverné par son pénis ?

Il tressaillit et rougit à son tour.

Encore ce sourire de petit garçon, pensa-t-elle. Pourquoi fallait-il qu'il fasse cela ?

— La nuit dernière, avec toi, pour la première fois de ma vie, j'ai honte d'avouer que c'était le cas.

Flûte, qu'était-il en train de dire ? Que l'attirance qu'il y avait entre eux était trop forte pour espérer y échapper ? Qu'il n'avait jamais ressenti cela auparavant ?

Elle sentit la panique l'envahir. Était-ce ce qu'elle ressentait, elle aussi ? Ou, et son estomac se retourna à cette idée, espérait-il mettre fin à sa scène en la flattant ? *Qu'il aille se faire voir !*

— Est-ce que tu essaies de t'en sortir en me flattant ?

— Non, je t'assure que ce n'est pas le cas, répondit-il d'un ton ferme. Je ne suis pas fier de mes actes, mais je peux t'assurer que je ferai de mon mieux pour garder mon self-control à partir d'aujourd'hui.

Elle serra les lèvres et un mélange d'émotions confuses se déchaîna dans son esprit avant de se transformer en déception.

Elle n'aurait pas dû se sentir déçue, elle aurait dû être rassurée.

Elle avait besoin que cela cesse, cette attirance, ce désir, cette distraction…

Mais où était le bouton stop ?

Même son comportement ambigu avec Tony ne suffisait pas à la libérer de lui. Ou peut-être que si, si jamais elle s'apercevait qu'il recommençait à lui mentir. Et elle s'accrocha à cette idée comme à une planche de salut.

— Très bien, mais qu'en est-il pour Tony ?

Ses yeux s'agrandirent et son subit changement de sujet sembla réellement le surprendre.

— Quel est le problème avec Tony ?

— Eh bien, de ce que j'ai pu lire sur toi, tu sembles être un homme digne d'admiration, pas un que l'on mépriserait pour avoir profité de quelqu'un qui traverse une mauvaise passe.

Il fronça les sourcils et elle put voir que ses mots avaient fait mouche.

— C'est ce que j'ai fait, selon toi ?

— Je ne sais pas quoi penser, admit-elle en soupirant. Je sais juste que l'homme brisé que j'ai vu aujourd'hui n'était pas en état de signer ce contrat.

— Il avait besoin de ce marché.

— C'est ce que tu te racontes pour te sentir bien ?

— Écoute, c'est Andrews qui est venu me faire une offre et je l'ai acceptée. Quelle que soit sa situation personnelle, il n'en a pas parlé.

— Mais tu devais bien te douter que quelque chose n'allait pas, qu'il n'allait pas bien ? rétorqua-t-elle, son envie de lui trouver des défauts affleurant désespérément dans son ton.

Travailler avec quelqu'un qu'elle n'appréciait pas serait difficile mais faisable. L'alternative… Elle leva son verre et but une longue gorgée pour ne pas y penser.

— J'ai eu des doutes pendant un moment, dit-il honnêtement. Mais je suis un homme d'affaires, Jennifer. Je n'en suis pas arrivé là dans ma vie en étant compréhensif.

— Donc tu as profité de lui ?

— Pas du tout, répondit-il du tac au tac. Tu ne peux pas ne pas voir que mon implication lui a donné une échappatoire. Une chance de régler tous ses problèmes…

Les doigts de Jennifer tremblèrent autour de son verre. Elle ne voulait pas accepter ses explications, tout en sachant qu'il avait raison.

— C'est injuste. Il aurait dû venir me voir moi, pas toi.

— Pardon ? dit-il d'un ton incrédule. Pourquoi penses-tu que tu aurais pu l'aider à s'en sortir ? Tu sais de quelle somme nous parlons ? De ce que cela a coûté pour qu'il puisse garder un toit sur sa tête et rembourser ses créanciers ?

— J'aurais pu faire quelque chose, dit-elle en réalisant en même temps que c'était faux et que Tony était tombé trop bas pour qu'elle puisse l'aider à se relever toute seule. Maintenant, il n'a plus rien.

— Seulement s'il le choisit, dit Marcus d'un ton apaisé, sa colère disparaissant de toute évidence aussi vite qu'elle était venue. Je lui ai versé assez d'argent pour qu'il recommence de zéro et qu'il se reprenne. Oui, j'ai conscience qu'il n'est pas à la meilleure place, mais je lui ai offert une vraie chance. Ce qu'il en fera ne tient plus qu'à lui.

Ces mots réduisirent Jennifer au silence, leur logique éliminant chacun de ses reproches, rationnels ou non, malgré son chagrin.

— Il aurait quand même dû venir me voir.

— Pourquoi ? dit-il en secouant la tête.

Il posa son verre et pivota pour la regarder en face.

— Je ne comprends pas. Tu en as déjà fait bien assez pour lui. D'après mes recherches, il est évident que tu es le cerveau de cette compagnie et la raison de sa réussite exceptionnelle. Quel genre d'emprise Andrews a-t-il sur toi pour que tu tiennes autant à lui ?

Elle sentit sa tête tourner devant ses compliments même si son besoin de défendre Tony ne faiblissait pas.

— Tu ne peux pas comprendre.

— Alors explique-moi.

— Tony est quelqu'un de bien, de vraiment bien, insista-t-elle en voyant qu'il ne semblait pas d'accord. Et il est beaucoup plus qu'un associé pour moi.

Le visage de Marcus se durcit et il détourna le regard.

— Je vois.

— Non, pas dans ce sens-là, ajouta-t-elle aussitôt en sentant son traître de corps répondre à la tension du sien. Sérieusement, il n'y a jamais rien eu de ce genre entre nous.

Son besoin impulsif de le rassurer l'exaspéra. Certes, cela jouait en faveur de Tony, mais elle ne pouvait pas rester aveugle au fait horripilant que l'opinion de Marcus comptait pour elle.

— Même si ce ne sont pas tes affaires, ajouta-t-elle en le défiant du menton.

Ses yeux plongèrent dans les siens avec un éclat si féroce qu'elle eut presque le réflexe minable de retirer ses mots.

— Tu as sans doute raison, mais il est toujours utile de savoir dans quoi on met les pieds.

Elle trembla presque sous son regard inquisiteur, n'aimant pas la tournure que prenait leur conversation. C'était trop privé, trop personnel. Elle chercha alors une voie de sortie et elle en trouva une loin d'être innocente.

— Comme quand tu savais à quoi t'attendre en couchant avec moi ?

Il se figea et son regard devint encore plus sévère.

— Je t'ai dit que j'avais été incapable de penser après que tu as décidé de me séduire.

Le ventre de Jennifer se contracta et lui coupa le souffle. Puis elle sentit un vertige à mesure que les souvenirs de ces moments dans la voiture affluaient dans son esprit.

— Tu t'égares, ce n'est pas le sujet, dit-elle d'une voix bien trop aiguë.

Et elle détourna les yeux pour fixer le piano afin de se calmer, espérant que Marcus comprendrait le message. Mais elle l'entendit bouger et son pouls s'affola.

Se penchait-il vers elle ?

— Tu as raison, dit-il. Revenons-en à Tony.

La surprise, la déception et des tas d'autres émotions qu'elle n'aurait pas dû ressentir la traversèrent et elle lui jeta un coup d'œil. Il s'était redressé, son verre dans une main et son autre bras confortablement posé sur l'accoudoir.

Le salaud, comment faisait-il cela ?

Elle porta son verre à ses lèvres, utilisant la boisson pour gagner du temps. Sa voix n'était pas prête ; quant à son cerveau, il était…

— Ce que j'essayais de dire, reprit-elle doucement, c'est que je connais Tony depuis longtemps et qu'il a beaucoup fait pour moi.

Marcus hocha la tête en signe de compréhension.

— Nous nous sommes rencontrés dans un

salon de recrutement universitaire alors que j'étais en dernière année, et je l'ai suffisamment impressionné pour qu'il m'offre un travail avant même que je sois diplômée. J'imagine qu'il avait deviné mon potentiel et qu'il a saisi l'occasion de faire un gros coup.

— Je n'en doute pas. Je suis certain que, même à l'époque, tes talents ne pouvaient pas être ignorés.

Elle sourit légèrement.

Était-ce ainsi que les gens la voyaient ? Qu'il la voyait ?

— Peut-être, répondit-elle. Mais j'avais aussi mes raisons et il les a comprises.

— Tes raisons ?

Elle hésita. Très peu de gens connaissaient sa vraie motivation. Tony était l'un des seuls et c'était cela qui la faisait encore plus souffrir.

— Cela allait plus loin que l'ambition de faire une grande carrière. J'avais l'obligation de réussir brillamment et Tony a fait tout ce qui était possible pour m'aider.

— L'obligation ?

Elle prit une inspiration et laissa les mots venir.

— Mon père est mort quand je suis partie pour l'université.

Voilà, elle l'avait dit. Cela la tuait toujours un peu plus quand elle le disait à voix haute. Mais elle avait besoin qu'il sache, qu'il comprenne.

— En plus de moi, il a laissé ma mère et ma petite sœur derrière lui.

— Je suis désolé, dit-il avec un regard bien plus doux. J'en déduis que vous étiez proches ?

Elle fronça les sourcils. C'était une question étrange. C'était son père, évidemment qu'ils étaient proches. Mais… N'avait-il pas eu, lui aussi, un père dont il était proche ?

— Très, répondit-elle en repoussant ses questions.

Elle n'avait pas besoin de connaître ce genre de chose sur lui.

— Bien qu'il soit très occupé, il trouvait toujours du temps pour nous. En fait, c'est même lui qui m'a appris à jouer.

Elle fit un geste vers le piano et, en un souvenir furtif, elle se revit assise à côté de son père le jour de Noël où l'instrument avait été livré. Elle sourit un instant en ressentant le vide que sa disparition avait laissé en elle.

— Que s'est-il passé ?

Elle regarda Marcus dans les yeux et quelque chose en elle se fissura. L'intérêt qu'il lui portait la surprit et lui donna envie de pleurer.

— Une crise cardiaque, répondit-elle en passant sa main sur sa joue pour sécher des larmes fantômes. C'était il y a longtemps, mais c'était si brutal et inattendu que je ne me suis jamais vraiment remise du choc.

— Donc tu fais tout cela pour lui ?

— D'une certaine manière, il se tuait au travail pour être sûr que nous ayons tout ce dont nous avions besoin. Et quand il est mort… Disons que notre situation financière n'était pas des plus florissantes. Notre maison de famille coûte une petite fortune à entretenir et ma mère est malade. Elle a besoin de beaucoup de soutien et vivre chez elle l'aide à se maintenir.

Penser à sa mère l'emplit de tristesse et elle craqua, se sentant impuissante face à cette situation, quelle que soit sa détermination. Elle s'était mise à nu, et elle se sentait vulnérable et au bord des larmes.

— Ta sœur et ta mère dépendent de toi ?

Elle haussa les épaules.

— Je suis soutien de famille… Ma sœur doit entrer à l'université l'année prochaine, alors il n'y a que moi. Mais je veux le faire. J'adore mon métier et je veux tenir la promesse que mon père nous a faite de nous offrir une belle vie. Je veux qu'il soit fier de moi.

— Je crois que tu as réalisé cela au centuple.

— Alors tu comprends pourquoi j'ai une dette envers Tony, maintenant ?

— Je n'irais pas aussi loin.

— Moi si, dit-elle ressentant un irrépressible besoin de le convaincre. Vraiment, ça n'aurait pas été possible sans lui. Tu ne sais pas qui était Tony à l'époque, à quel point il était doué. Il avait un don inné pour analyser une situation et faire le meilleur choix. Il pouvait gérer les clients et les affaires avec un tel talent que nous en restions tous bouche bée. Il m'a tout appris…

Marcus hocha la tête et eut la décence de ne pas la contredire. Mais elle voyait qu'il n'était pas convaincu.

— Cela ne fait que quelques années qu'il est devenu…

— … peu fiable ? dit-il pour l'aider.

Elle acquiesça à contrecœur.

— Mais après l'avoir vu aujourd'hui, je commence à tout comprendre. Le jeu, les mauvais investissements… Je ne me doutais pas qu'il était dans une situation aussi désastreuse.

Le choc de l'avoir trouvé dans cet état lui revint comme un coup de massue et elle frissonna. Son vin manqua de se renverser, mais elle était bien trop perdue dans ses souvenirs pour s'en soucier.

— Cela m'a brisé le cœur de le voir aussi perdu… aussi soûl… Il avait l'air malade, vraiment malade.

Il se pencha et retira doucement son verre de sa main tremblante.

— C'est un alcoolique, Jennifer. À quoi t'attendais-tu ?

Elle se figea.

— Ne sois pas ridicule.

— Je ne le suis pas.

— Je ne pense pas que se soûler le jour où l'on est contraint de vendre les parts de sa propre entreprise pour couvrir ses dettes de jeu et garder un toit au-dessus de la tête de sa famille fasse de vous un alcoolique.

Il la fixa comme s'il cherchait à comprendre.

Croyait-il qu'elle lui mentait ? Qu'elle essayait de couvrir Tony ? Ou qu'elle était en plein déni ?

— Je suis sérieuse. Je sais qu'il a une addiction au jeu et qu'il a besoin d'aide… Mais un alcoolique ?

Marcus se pencha un peu plus pour poser son verre, et se tourna complètement vers elle.

— Si cela n'avait été qu'une crise, je serais entièrement d'accord avec toi. Mais ce n'est pas le cas.

— Qu'est-ce qui te fait croire cela ?

— Ce que j'ai pu constater par moi-même, en plus des rumeurs qu'on m'a rapportées. Cela fait longtemps qu'il boit, dit-il en posant ses mains sur ses cuisses. Le jeu n'est qu'un de ses nombreux vices.

— Mais s'il avait un problème avec l'alcool, je l'aurais su ! s'exclama-t-elle. Il n'aurait pas pu me le cacher.

— Tu n'imagines pas ce dont les gens comme lui sont capables.

— Pourtant, il n'a pas dit qu'il avait un problème, pas à ce sujet en tout cas. Il m'a tout avoué aujourd'hui et…

— Il ne le réalise sans doute pas lui-même. C'est souvent vrai pour les alcooliques comme Andrews.

Jennifer scruta ses souvenirs de ses dernières rencontres avec Tony. Y avait-il eu une seule fois où il n'avait pas un verre en main ? Et puis il y avait ces sautes d'humeur, ces comportements irrationnels, ces pertes de mémoire et ces coups de suée qu'il lui expliquait simplement en disant qu'il avait pris froid.

— Étais-je vraiment si préoccupée que j'ai raté tous les signes ? dit-elle d'une voix distante tandis qu'elle comprenait quelle piètre amie elle avait été. Dieu, il m'a tant donné et je le lui ai rendu en ne faisant… rien ? Je n'ai même pas remarqué qu'il allait mal. Je l'ai négligé quand il avait le plus besoin de moi, sans lui consacrer le temps…

— Arrête, Jennifer, dit Marcus en prenant sa main. Regarde-moi.

Ce contact brûlant contrasta avec la sensation de froid qui l'oppressait. Elle obéit et ses yeux rencontrèrent les siens qui brillaient de ferveur.

— Rien de tout cela n'est ta faute, lui dit-il. Il s'est infligé cela tout seul. Il est l'unique responsable. Et c'est lui qui a blessé ses proches et les a laissés tomber, pas toi.

L'amertume de son ton la figea. Il semblait en faire une affaire personnelle.

— On dirait que tu parles d'expérience ?

Ses mains serrèrent les siennes, et la douleur intense qui traversa son regard lui transperça le cœur, lui faisant oublier un instant les problèmes de Tony.

— C'est ce que tu fais ?

— Faire quoi ?

— Parler d'expérience.

Un signal d'alarme s'alluma dans son esprit, mais de toute manière elle lui avait déjà posé la question et elle avait besoin d'une réponse.

9

C'était sa faute si Jennifer lui posait cette question. Il aurait dû être plus réservé et professionnel.

Mais quand il l'avait vue s'effondrer, qu'il l'avait écoutée parler de sa famille et de ses responsabilités auxquelles s'ajoutait ce qui se passait avec Tony, il avait été ému et pris de court.

Sans parler de ce sentiment de culpabilité. Bon sang ! Maintenant qu'il connaissait tout ce qui était lié à sa carrière… Le voilà qui débarquait et faisait trembler tout l'édifice parce qu'il n'arrivait pas à garder le contrôle sur ses pulsions.

Quel abruti.

Et voilà qu'il commettait une nouvelle bourde en lui laissant entrevoir des vieux démons que personne n'avait à connaître. Personne n'avait accès à cette partie de lui, jamais. Il avait appris à la dure que les émotions étaient réservées aux faibles et que les montrer ne servirait qu'à prendre des coups, ou pire.

Mais il la regarda, et tout à coup sa théorie ne fonctionna plus. Lui confier ses émotions ne l'avait pas rendue plus faible. Cela l'avait rendue belle, admirable même, et son envie de la prendre dans ses bras menaçait de le rendre fou. Il voulait faire disparaître son chagrin à elle, et l'amertume de son propre passé, grâce à la passion qui enflammait l'air dès qu'ils se faisaient face.

— Tu n'es pas obligé de me le dire, lui dit-elle doucement. Pas si tu n'en as pas envie.

Il caressa un instant ses mains qu'il tenait toujours entre les siennes, et envisagea de la rendre silencieuse en l'embrassant pour lui faire tout oublier.

Et qu'est-ce que cela ferait de lui ?

Un salopard en plus d'un abruti.

Il lâcha ses mains et s'adossa au canapé en penchant la tête en arrière comme s'il regardait le plafond.

Si le sexe n'était pas une option, que restait-il ? D'autres confessions ? Ne lui en devait-il pas une après tout ce qu'elle lui avait avoué ?

— Mon père était un ivrogne.

Les mots résonnèrent dans la pièce, prononcés avant qu'il sache s'il le souhaitait réellement. Et s'entendre le dire à voix haute lui sembla aussitôt étrange, comme si un autre parlait.

— Ton père ?

Il fit glisser son regard sur elle, et sa bienveillance et sa beauté lui firent regretter de s'être montré décent. Il aurait dû choisir le sexe. Cela aurait été plus simple maintenant qu'elle le connaissait, bien moins compliqué que de parler.

D'ailleurs, tout cela était ridicule. Il suivait des règles pour une raison, les affaires et le sexe ne se mélangeaient pas. Et pourtant, continuer cette discussion lui paraissait bien plus dangereux.

— Tu n'as pas besoin d'entendre cela.

— Mais je le veux, dit-elle en se penchant vers lui, sa main se posant entre eux tandis qu'elle rayonnait de compassion.

Bon sang, elle était douée.

Après tout, il n'avait pas besoin de tout lui dire, juste assez pour qu'elle ait l'impression qu'ils partageaient quelque chose…

Résigné, il fixa le plafond immaculé du regard et noua ses mains derrière sa tête.

— Mon père n'était pas comme Andrews, commença-t-il en se concentrant sur les faits. C'était un alcoolique chronique qui se vengeait de sa haine du monde et de la vie sur moi et utilisait l'alcool comme excuse.

— Mon Dieu… C'est monstrueux ! s'exclama-t-elle d'un air si horrifié qu'il ne put plus ignorer la brutalité de sa confession.

Pourtant il le voulait. Il voulait tout oublier, sauf les leçons qu'il en avait tirées.

— Il a toujours été comme ça ?

— Non, dit-il en sentant son estomac se serrer et un frisson s'insinuer sous sa peau. C'était un mineur gallois. La vie n'était pas facile, mais il faisait tout ce qu'il pouvait pour nous. Il travaillait dur, et il était apprécié et aimant.

C'étaient des souvenirs qu'il n'avait pas envie de voir revenir à la surface, des souvenirs qui lui rappelaient des temps plus heureux, des Noëls, des anniversaires, des pique-niques dans le parc. Tous les trois joyeux et détendus. Et puis…

— Tout a changé quand j'ai eu huit ans. Ma mère est tombée malade et, le temps qu'ils dépistent son cancer, il était déjà trop tard… Elle est partie en moins d'une année.

Il sentit la main de Jennifer se poser sur sa cuisse, apaisant aussitôt ce frisson glacial sous sa peau.

— Je suis désolée, Marcus.

Il haussa les épaules.

— Papa ne l'a pas supporté. Il s'est mis à boire et il n'a jamais relevé la tête.

— Il te battait ?

Elle semblait mortifiée et ses doigts commencèrent à le caresser doucement. Il regarda sa main, puis son visage. Avait-elle conscience de ce qu'elle faisait ?

— Il était en colère, se contenta-t-il de répondre.

— Mais même comme cela…

Ses yeux s'étaient remplis de larmes et il détourna le regard.

— Cela a été l'enfer pendant un moment, admit-il avant de faire une pause. Mais quand j'ai eu douze ans, mes grands-parents sont venus me chercher. J'étais assez décharné et couvert de bleus pour que les gens comprennent ce qui se passait et les préviennent.

— Tu as vécu avec eux ?

— Quelques années, répondit-il. Assez pour que ma grand-mère m'apprenne à jouer du piano.

Il pencha la tête et son regard s'arrêta sur le piano en se rappelant Jennifer en train de jouer. Elle était si belle, perdue dans la musique… Et merde, cela lui avait fait un mal de chien. Des souvenirs de sa mère faisant la même chose lui revinrent comme un coup de poing dans le ventre, le laissant déchiré entre l'amour et la perte.

C'était pour cela qu'il n'en parlait à personne. Et aussi pour cela qu'il ne devait pas la laisser continuer.

— C'est mignon.

Mignon ?

Dieu, il était réellement en train de sourire. Sa réaction et le choix de ses mots avaient pulvérisé ses pensées sombres.

— Je ne suis pas sûr que mamie serait d'accord. Apprendre à un adolescent grincheux quelque chose d'aussi peu cool que le piano présentait quelques obstacles.

Jennifer rit doucement et son amusement améliora encore son humeur.

— Je n'en doute pas !

— Mais elle savait ce qu'elle faisait. J'étais plein de colère et j'avais besoin d'un exutoire. Alors, quand les séances de sport ont commencé à dégénérer en bataille de coups de poing, elle m'a cherché un passe-temps plus solitaire. Même si je n'étais pas très docile au début.

— Elle a l'air d'une femme bien.

— Ou juste têtue, dit-il. Quand elle avait quelque chose en tête, plus rien ne pouvait l'arrêter et elle avait décidé que je devais avoir quelque chose de ma mère en moi.

— Et c'était sûrement vrai, dit-elle d'un air ému.

C'est merveilleux ce qu'elle a fait. Je suis sûre que ta mère aurait été très fière.

Merveilleux. Fière. Il fallait qu'il reprenne le contrôle de la situation. Il y avait tellement de sentiments qui flottaient autour d'eux qu'il commençait à se demander où sa vraie personnalité était passée.

— Tes grands-parents sont encore en vie ?

Il acquiesça, mais penser à eux raviva sa douleur.

— Ils vivent toujours dans ta ville natale ?

— Pas dans la même maison, répondit-il d'un air distant. Je les ai aidés à acheter un petit cottage il y a quelques années. Assez près des commerces, mais assez éloigné de l'agitation et du vacarme.

— Et tu les vois souvent ?

— Autant que je peux…

Menteur. Son estomac fit un second tour sous le coup de la culpabilité. Mais y retourner… c'était beaucoup trop dur.

— Et ton père ?

Et voilà… Son père maintenant ! Ses ongles s'enfoncèrent dans sa paume, son souffle s'accéléra et la main de Jennifer s'immobilisa sur sa cuisse.

— Désolée. Je n'aurais pas…

— Il est mort, dit-il en l'interrompant. Il est mort peu de temps après que je suis parti de la maison.

— Je suis navrée.

— Moi pas, dit-il en la regardant droit dans les yeux et en n'y voyant rien d'autre se refléter que son choc.

À quoi s'attendait-elle ? Mais comment aurait-elle pu comprendre de toute manière ? Elle avait eu la chance de grandir en sécurité, entourée par l'amour de sa famille, tandis que lui…

Il repoussa aussitôt ces pensées. Sa colère subite était irrationnelle, surtout s'il la dirigeait contre elle. D'autant plus qu'elle avait traversé son propre enfer, d'abord en perdant son père, puis en affrontant la maladie de sa mère.

Bon sang, il était complètement perdu. Figé par sa douleur refoulée et le manque. Et c'était à cause d'elle…

Il fallait que cela se termine maintenant ! Avant qu'il ne fasse quelque chose de stupide, de désespéré, même. Mais quand ses yeux se posèrent sur ses lèvres légèrement écartées, le passé se volatilisa et il se souvint de ce qu'il avait d'abord voulu faire. Avant que Jennifer ne lui extirpe le récit de son enfance.

Ne le fais pas. Le sexe n'est que du sexe. Tu peux en avoir quand tu veux. Ne mets pas tes affaires en danger… Mais il n'existe pas d'autre Jennifer.

Et il comprit qu'il ne voulait personne d'autre.

— Il est tard, dit-il d'un ton ferme, toujours conscient de sa main sur sa cuisse, mais ne trouvant plus du tout ce contact réconfortant.

Elle était bien trop proche de cette partie de son corps qui s'était fait avoir par son petit jeu de provocation punitif.

Elle mérite mieux que toi… Elle t'a repoussé… C'est un indice trop subtil pour toi ?

Il se pencha et sortit son téléphone de sa poche.

— J'appelle Colin pour qu'il te dépose chez toi.

— Chez moi ?

Ce n'était pas la première fois qu'elle lui disait cela du même ton indigné, mais que cherchait-elle à obtenir aujourd'hui ? Lui arracher d'autres aveux misérables ? Ou avait-elle envie de quelque chose de bien plus agréable, quelque chose qui était plus dans ses cordes que déballer ses sentiments ?

Ne sois pas stupide. Seuls les imbéciles font deux fois la même erreur.

— Je pense qu'il est temps de nous quitter.

Il se leva et rapporta leurs verres jusqu'au bar tandis que son esprit refusait de lui obéir et continuait à lui souffler d'autres possibilités. Qui devinrent encore plus torrides quand il l'entendit bouger pour se rapprocher de lui.

Sa colonne vertébrale commença à le picoter par anticipation, mais il refusa de se retourner. Il posa les verres, s'empêchant volontairement de la regarder pendant qu'il déverrouillait son téléphone.

Juste quelques minutes. Il lui suffisait de tenir jusqu'à ce que Colin arrive.

— Attends, dit-elle d'une voix bien trop proche et suave.

N'attends pas. Fais-le !

— Je vais juste…

Il s'interrompit quand elle s'arrêta devant lui, et son corps prit le dessus sur sa volonté quand elle posa sa main sur la sienne. Puis il sentit le téléphone glisser de sa main quand elle le lui prit pour le poser à côté des verres.

— Ne fais pas cela, Jennifer.

Il essaya de lui échapper, mais il était coincé entre elle et le bar.

— Je suis vraiment désolée.

Désolée ? Elle était désolée ?

Il tourna la tête sous le coup de la surprise mais évita de la fixer.

— Tu n'as aucune raison de t'excuser.

— Si, je t'ai contrarié.

— Ne sois pas stupide.

Il se tourna vers elle en ressentant un besoin urgent de la rassurer, comprenant trop tard qu'il faisait une erreur. Car quand son corps effleura le sien, il faillit perdre la tête. Alors, il respira profondément et parvint à garder une contenance en mettant ses mains dans ses poches.

— Je suis le seul à blâmer dans cette histoire.

— Bien que je sois d'accord, dit-elle avec un petit sourire mutin tandis que ses yeux s'illuminaient en s'attardant trop longtemps sur ses lèvres, je vois bien que je t'ai assez irrité pour que tu veuilles que je parte. Et je te présente mes excuses.

— Bon Dieu, Jennifer, ce n'est pas toi qui me contraries.

— Pas moi ? dit-elle en cherchant son regard.

Elle était si près. Cela aurait été si facile.

La respiration de Marcus s'accéléra. Son regard se perdit dans le vert intense de celui de Jennifer et il vit le moment où elle réalisait ce qui se passait en lui quand elle retint son souffle et se mordit la lèvre inférieure. Et cette réaction nerveuse était bien plus touchante et sexy qu'elle n'aurait dû avoir le droit de l'être.

— Dois-je vraiment le dire à voix haute ? lui demanda-t-il comme elle ne bougeait plus.

Elle acquiesça d'un air bien trop innocent et curieux pour qu'il ne comprenne pas qu'elle le provoquait. Alors, par sécurité, il enfonça ses mains plus profondément dans ses poches pour les emprisonner.

— Ne fais pas cela, Jennifer. Ne me fais pas revenir sur ma parole.

— Ta parole… ? dit-elle en se pressant légèrement contre lui, tout en libérant sa lèvre inférieure qui resta humide.

Et il se força à détourner le regard.

— Je t'ai dit que je me contrôlerais à partir de maintenant.

— Tu m'as dit que tu ferais de ton mieux.

N'avait-elle donc aucune pitié ?

— Effectivement, et c'est pour cela que tu dois partir.

— Je sais que c'est ce que je devrais faire… mais…

Elle le dévisagea avec des yeux brûlants de désir, et son corps réagit comme il le redoutait.

Merde.

Il la prit par les hanches dans l'intention de la repousser, mais la chaleur délicieuse qui irradiait à travers sa jupe tua ce qu'il lui restait de volonté.

— S'il te plaît Jennifer, aide-moi.

— Je ne peux pas, dit-elle en lui laissant apercevoir sa propre confusion et son incertitude. Je ne sais pas pourquoi. Sans doute parce que ce soir j'ai partagé avec toi plus de choses que je ne le fais normalement.

Elle haussa les épaules. Et son regard qui brillait de franchise se posa de nouveau sur ses lèvres avant de remonter vers son visage. Puis elle posa une main à la base de sa gorge.

— Je me sens si ouverte, exposée… À vif, même.

— C'est vrai pour nous deux, dit-il en réalisant la justesse de ses mots et en sachant que cela aurait dû le contrarier… mais il s'en moquait.

— C'est peut-être parce que tu es devenu un territoire interdit, dit-elle en penchant la tête d'un air perplexe. Ou peut-être simplement parce que je me sens blessée que tu m'aies sautée en sachant parfaitement que j'étais ta future associée, alors que moi…

Elle s'interrompit et son regard se mit à flamboyer en plongeant dans le sien, l'envoûtant complètement.

Fais-le. Tu sais ce que tu veux. Au diable la raison.

— Et si nous le faisions… que se passerait-il après ? Nous agirions comme si rien n'était arrivé ? demanda-t-il.

Sa main remonta vers son torse, caressa ses pectoraux et s'enroula sur son épaule, laissant une trace sensible dans son sillage tandis qu'elle acquiesçait.

— Exactement.

Ses doigts resserrèrent aussitôt leur emprise sur ses hanches tandis que son envie de la soulever pour la porter jusqu'au canapé afin de lui faire toutes sortes de choses s'engouffrait dans son esprit.

Mais il avait besoin que ce soit elle qui le dise. Il ne voulait pas prendre le risque d'un malentendu, ou d'abîmer encore plus leur relation professionnelle.

— Alors qu'est-ce que tu décides ?

— Que j'ai besoin de faire l'amour sans mensonge, répondit-elle en soutenant son regard. Envisage cela comme une reconnaissance de dette, si tu veux.

Une reconnaissance de dette ? Lui avait-elle réellement dit cela ?

— Une seule nuit ? demanda-t-il en la serrant contre lui.

Elle passa ses bras autour de sa nuque, adorant la manière dont sa peau réchauffait la sienne et son odeur qui l'enivrait.

Oui, une dette… Une nuit pour se désintoxiquer de lui une bonne fois pour toutes. Mais est-ce que cela fonctionnerait ?

Elle en doutait mais, face au désir ardent qui la consumait et que lui seul pouvait combler, plus rien d'autre ne comptait.

Elle se haussa sur la pointe des pieds et le sentit retenir sa respiration quand ses lèvres arrivèrent à portée de souffle des siennes.

— Juste…

Elle mordit sa lèvre inférieure.

— … une…

Caressa l'autre de sa langue…

— … dernière…

Pressa sa bouche contre la sienne…

— … nuit.

— Bon Dieu, Jennifer, grogna-t-il en passant sa main dans ses cheveux tout en écrasant sa bouche sur la sienne, se l'appropriant avec une ferveur presque sauvage comme elle en rêvait.

— Oui, gémit-elle contre ses lèvres pendant que ses doigts se nouaient autour sa nuque pour le retenir, comme si elle craignait qu'il change d'avis et appelle Colin.

N'y tenant plus, elle fit glisser ses mains jusqu'aux ourlets de son T-shirt, ayant désespérément besoin de sentir sa peau nue. Elle le fit remonter sur son torse et sentit ses mains à lui commencer à extraire sa chemise de sa jupe. Puis elle entendit un bruit de déchirure. Son T-shirt, sa chemise ? Elle n'en savait rien et elle s'en fichait.

— C'était un Armani, tu sais, dit-il en s'esclaffant, interrompant leur baiser un bref instant avant de reprendre possession de sa bouche pendant que ses doigts tentaient de déboutonner sa chemise. Je déteste les boutons, grogna-t-il.

Et il tira brusquement sur les deux rebords, envoyant les petits ronds de nacre voler dans la pièce tandis qu'elle haletait, son impatience faisant exploser son désir.

Sa chemise ouverte pendait sur ses épaules, et les yeux de Marcus flamboyaient en la regardant à moitié dévêtue.

— Je t'en achèterai une autre, lui dit-il dans un souffle.

— Nous sommes quittes, répondit-elle en riant.

Elle fit passer son T-shirt par-dessus sa tête et

il profita de ce geste pour l'embrasser à nouveau pendant qu'elle tirait sur les manches. Puis ses mains se mirent à pétrir ses seins par-dessus son soutien-gorge comme s'il ne pouvait pas attendre qu'elle l'ôte. Alors, elle jeta son T-shirt au loin et enchevêtra ses doigts dans ses cheveux pour le retenir contre elle.

— Oh oui… Dieu, oui ! cria-t-elle juste avant qu'il la retourne pour la coller brusquement contre le mur.

Et elle ferma les yeux en sentant son désir se transformer en fournaise.

Ses mains avides glissèrent autour de sa taille et trouvèrent la fermeture de sa jupe, qu'il défit avant de la faire descendre le long de ses jambes. Sa tête suivit le mouvement, passant devant le creux de ses seins, l'ovale de son nombril, jusqu'à ce que son souffle brûlant s'engouffre dans sa culotte.

Elle sentit alors ses mains défaire délicatement ses jarretelles en caressant ses cuisses à chaque geste, et ses jambes se mirent à trembler. Puis sa bouche insatiable revint dans le jeu, descendant le long d'une de ses jambes et remontant par l'autre pendant qu'elle se débarrassait de ses escarpins.

Son clitoris tendu par le désir la torturait et elle était si humide que ses cuisses étaient trempées. Elle ne parvenait plus à retenir ses gémissements, et ses mots devenaient incohérents tandis qu'elle le suppliait de faire quelque chose… n'importe quoi, mais quelque chose.

Sa langue exauça presque ses vœux en la léchant

par-dessus sa culotte et, sans la moindre pudeur, elle se frotta frénétiquement de haut en bas contre son visage. La main de Marcus remonta alors sur sa hanche et s'accrocha à la dentelle de son string pour le faire descendre.

À genoux devant elle, il prit une de ses chevilles et la remonta afin que sa cuisse repose sur son épaule, l'obligeant à s'appuyer sur lui et contre le mur pour garder son équilibre tout en restant offerte. Et enfin, sa bouche fut sur elle. Sa langue toucha cette partie si sensible de son corps, si désespérée de recevoir ses caresses, et elle perdit toute notion de ce qui l'entourait en dehors de la tension qui s'accumulait dans son ventre.

— Tu as si bon goût, murmura-t-il en faisant aller et venir son doigt à l'entrée de son sexe. Tu es si humide…

Il prit son clitoris entre ses lèvres et elle rua sauvagement.

— Si prête pour moi…

Et quand il fit glisser ses doigts dans son sexe, son besoin qu'il la comble, qu'il soit à l'intérieur d'elle quand elle jouirait lui fit perdre la tête, et elle enfonça ses ongles dans ses épaules.

— Marcus, baise-moi.

— Nous avons toute la nuit pour cela.

— Mais je te veux en moi, gémit-elle. Je t'en supplie, Marcus, maintenant !

Il grogna, puis libéra sa cheville en se mettant debout, ses mains saisissant fermement ses cheveux pour lui renverser la tête en arrière et plonger son regard au fond du sien.

— Tu n'as pas idée de ce que ces mots me font quand ils sortent de ta bouche.

Elle l'enserra de ses jambes et se pressa contre son sexe.

— Je peux sentir ce que cela te fait.

La respiration de Marcus s'accéléra et le tissu rêche de son jean frotta contre son clitoris tandis qu'elle ondulait contre lui, trouvant son point sensible et un rythme qui l'apaisait tout en l'emportant de plus en plus haut.

Il lâcha sa tête, ses mains glissèrent jusqu'aux courbes voluptueuses de ses hanches, ses yeux se baissant pour la regarder pendant qu'elle se balançait contre lui. Et dans un souffle impatient et rauque, il murmura :

— Préservatif…

Elle fit un geste vague vers le canapé.

— Mon manteau, mon sac…

Il lui fallut un moment pour décrypter le sens de ses mots, puis il se précipita et fut de retour presque aussitôt avec son sac. Elle le lui prit, frémissante de désir, et força sa main tremblante à trouver son portefeuille, à en extraire le carré de plastique et à jeter le reste au loin.

Il était de nouveau contre elle, son corps la comprimait contre le mur, ses mains empoignaient ses cuisses pour les nouer autour de sa taille. Puis sa bouche incandescente et impatiente se mit à dévorer la sienne, son cou et la chair laiteuse de son corsage. Mais elle n'avait pas besoin, ni envie, qu'il continue de la stimuler ou de la provoquer… Elle avait besoin qu'il la prenne… tout de suite !

— Marcus, le supplia-t-elle en se serrant contre son torse, sentant sa peau bouillante sous ses doigts. Maintenant !

Il releva la tête, les yeux brillants d'un éclat torride pendant qu'il se redressait et l'incitait à se baisser. Il bougea pour prendre le préservatif qu'elle tenait, mais elle l'en empêcha et soutint son regard en prenant le sachet entre ses dents, libérant sa main pour défaire les boutons de son jean.

Son sexe jaillit aussitôt contre elle et sa nudité inattendue la surprit et la grisa quand elle le prit dans ses mains.

— J'étais pressé de…

Sa voix flancha quand elle commença à le masturber, l'humidité de son gland lui faisant comprendre qu'il était déjà prêt à exploser, et elle lui sourit.

— Arrête, grogna-t-il en posant ses mains sur le mur de chaque côté de sa tête, ses muscles tendus, sa mâchoire serrée et son pouls battant furieusement dans le creux de sa nuque.

Si prêt pour elle…

Elle serra les cuisses, son propre désir devenant presque douloureux quand elle déchira l'extrémité du sachet pour en extraire le préservatif. Une de ses mains le tenant fermement à sa base, l'autre le déroulant en prenant tout son temps, savourant le fait que son jean, toujours accroché à ses hanches, propulsait son sexe en avant… si grand, si dur et rien que pour elle.

Elle leva les yeux et le regarda comme s'il était un surhomme. Ses mains ne la touchaient même pas, mais son plaisir ne cessait pourtant pas de grandir. Sa lutte évidente pour garder le contrôle la fascinait et elle sentait tout son corps trembler sous la tension de son effort. Merde, il était incroyablement beau, de toutes les manières possibles, et chaque cellule de son corps mourait de désir pour lui.

Cela aurait dû lui faire peur.

Cela allait lui faire peur.

Mais pas tout de suite.

Elle serra les doigts en atteignant la base de son sexe et il réagit instantanément. Ses mains volèrent jusqu'à ses poignets et il les lui releva pour les coller au mur au-dessus de sa tête tandis qu'elle prenait de nouveau appui contre la cloison.

— Tu aimes me torturer ? murmura-t-il dans un souffle.

Elle se mordit les lèvres, le désir furieux qui ravageait son esprit l'empêchant de prononcer la moindre parole.

Il emprisonna ses poignets d'une seule main, l'autre descendant pour empoigner son sexe qu'il fit descendre jusqu'à son nombril. Et elle se mit instinctivement sur la pointe des pieds, impatiente qu'il vienne enfin là où elle le voulait.

— À mon tour, dit-il en pliant les genoux pour faire glisser son membre dur entre ses cuisses, se frottant pour la provoquer contre son clitoris et à l'entrée de son sexe, mais sans la pénétrer.

Le regard de Marcus descendit là où leurs corps se rejoignaient et le sien fit de même, fascinée de le regarder bouger d'avant en arrière, encore et encore, le préservatif s'humidifiant tant elle était mouillée.

— Je t'en prie…

Elle semblait presque souffrir, son désir inassouvi était désormais trop violent pour être supportable et elle se mit à trembler contre lui.

— Pitié, prends-moi, gémit-elle.

Il jura d'une voix primale en délivrant ses poignets afin de saisir ses cuisses pour les nouer autour de sa taille. Puis il attendit une seconde qu'elle ait trouvé son équilibre pour libérer une de ses mains afin de positionner son sexe à l'entrée du sien. Et il s'enfonça en elle d'un coup de reins si puissant et profond qu'il la remplit entièrement.

— Tu es si bonne, lui dit-il en se retirant pour commencer de lents allers-retours.

Il tenait les pans de sa chemise entortillés dans sa main, l'empêchant de bouger les bras et la soulevant avec la seule puissance de ses hanches. Elle se mit à accompagner ses mouvements, se basculant sauvagement contre lui, et sa tension grimpa aussitôt en flèche, cette position lui permettant de ressentir la plus incroyable des frictions.

C'était si bon. Si parfait.

Elle volait, tout son être était comme enrobé dans un cocon de chaleur et elle s'abandonna entièrement à lui, la tête renversée et les yeux clos. Elle aurait voulu chevaucher cette vague pour toujours, l'étirer pour qu'elle ne prenne jamais fin…

Alors, elle entendit un grognement sauvage et les spasmes du bassin de Marcus lui firent comprendre qu'il l'avait quittée. Sa tête s'écroula sur son épaule et le bras qui la tenait l'étreignit encore plus fort. Elle serra aussitôt les muscles de son ventre, voulant le retenir, le garder à l'intérieur d'elle, adorant sentir son sexe palpiter au creux du sien et les tremblements de son corps qui semblaient ne jamais vouloir s'arrêter. C'était si sexy, si beau, mais tout à coup une angoisse terrible lui noua la gorge.

Elle ne voulait pas renoncer à cela. Elle ne voulait pas renoncer à lui.

Elle ferma les yeux et déposa un baiser sur son épaule en refoulant ces pensées dangereuses. Ce qu'elle voulait n'avait aucune importance. Ce n'était pas possible. C'était irresponsable et ce n'était pas juste.

Et pourtant, tandis qu'elle écoutait leurs respirations saccadées, qu'elle sentait leurs corps se détendre maintenant que leur désir s'était apaisé, elle sentit que tout au fond d'elle quelque chose avait changé.

La poigne de fer qui guidait ses décisions, sa vie, celle qui lui permettait de garder le cap, ne lui semblait plus aussi serrée.

10

Marcus se rendit jusqu'à la cabine de douche et régla le jet sur l'eau froide.

Jennifer était de nouveau repartie, avant le matin, mais sans laisser de note le remerciant, cette fois. Par contre, elle lui avait envoyé un mail lui demandant de relire des documents en pièce jointe avant qu'ils ne se retrouvent plus tard dans la journée.

Son message était clair : désormais, seul le travail les réunirait.

Et quoi ? C'est ce que tu voulais aussi, non ?

Alors pourquoi ne se sentait-il pas soulagé ? Pourquoi n'avait-il pas ce sentiment de satisfaction et de liberté du lendemain matin ?

À l'instant où il s'était aperçu qu'elle était partie, un poids étrange s'était mis à peser sur son estomac. Cela devait être la déception de comprendre que c'était la dernière fois qu'il la posséderait et qu'il n'y aurait pas le matin pour se dire au revoir. S'il l'avait su, il l'aurait gardée réveillée plus longtemps et aurait continué à savourer jusqu'à la dernière minute ses rougissements, son corps luisant de sueur et sa poitrine qui le provoquait pendant qu'elle le chevauchait.

À cette simple pensée, il sentit une vague de chaleur le traverser et son sexe se dressa avec une vigueur exaspérante.

Il mit sa tête sous le jet d'eau froide et enchevêtra ses doigts dans ses cheveux. Il n'allait pas se caresser pour se soulager, il refusait de le faire. Il n'en avait pas eu besoin depuis des années et il n'allait certainement pas recommencer maintenant. Dieu, il avait pourtant joui assez de fois, quel était son foutu problème ?

Cherchant une distraction, il s'obligea à lire le mail et les documents qu'elle lui avait envoyés et qui décrivaient sa vision de l'avenir de la compagnie avant qu'il les rejoigne.

Cela incluait une présentation qu'elle avait faite la veille à tous les employés. Commodément, le nom de Tony Andrews figurait à côté du sien dans toutes les marges, suggérant que c'était un travail commun. Alors que d'évidence il l'avait laissée se débrouiller seule.

Il commença à se gratter la tête en se sentant anxieux. Pourquoi y attachait-il tant d'importance ? Et qu'est-ce que cela pouvait bien faire désormais ? Andrews n'était plus là et tout allait être très différent à partir d'aujourd'hui.

Maintenant, elle l'avait lui.

Il prit le gel douche et se savonna en essayant d'ignorer les sous-entendus de cette pensée qui persistait à tourner dans son esprit. Il avait des choses bien plus importantes à gérer, comme la matinée à venir…

Il convoqua une réunion à 10 h 30 avec les chefs de développement de produits de leurs deux compagnies. Il espérait que Jennifer les rejoindrait mais, quoi qu'il en soit, il continuerait d'avancer. Ils n'avaient pas de temps à perdre avec ce qui venait d'arriver.

Son directeur du marketing responsable des États-Unis lui avait envoyé un mail l'après-midi précédent et avait tenté de le joindre plusieurs fois pour lui faire part de mauvaises nouvelles.

S'en était-il aperçu ? En avait-il quelque chose à faire ? Non.

Il était bien trop accaparé et absorbé par ce qui lui semblait la seule chose urgente au monde… elle.

Cela n'était jamais arrivé. Il répondait toujours aux appels, vérifiait ses mails et faisait tout ce que son travail exigeait. Il était disponible tous les jours et à toute heure, comme il le fallait quand on dirigeait une multinationale qui ne se réduisait pas à un seul fuseau horaire. Toujours présent, toujours joignable.

Jusqu'à aujourd'hui… Jusqu'à Jennifer.

Marcus coupa l'eau brutalement, sortit de la douche et attrapa une serviette pour se sécher. Il était plus que temps qu'il passe à autre chose.

Désormais, le lancement de leur nouveau projet était potentiellement en danger à cause d'un concurrent qui était à deux doigts de les coiffer au poteau. Et même s'il était confiant dans la qualité supérieure de leur produit, il était difficile de se prétendre leader d'un marché quand on était le second à franchir la ligne d'arrivée.

Il aurait dû organiser une visioconférence en urgence pendant que lui et Jennifer continuaient… à apprendre à se connaître. Son manque de professionnalisme impliquait qu'il allait devoir attendre que le soleil se lève aux États-Unis pour pouvoir discuter de ce problème avec son expert en marketing.

Et bien entendu, il n'allait pas tourner autour du pot.

Il était déjà en train d'élaborer une contre-attaque.

Il avait toujours en tête la stratégie commerciale de Jennifer, avait étudié l'organisation structurelle, les autres projets courants et les priorités existantes. Et il restait une chance de sauver la situation s'ils réagissaient suffisamment rapidement.

Mais même comme cela, cette impression de tourner en rond ne le quittait pas et cela commençait à lui taper sérieusement sur les nerfs.

Il jeta sa serviette et se dépêcha de rejoindre sa chambre pour revêtir un costume sombre et une chemise blanche, mais pas de cravate. Il avait déjà la gorge assez serrée comme cela. Puis il fit glisser sa main dans ses cheveux en se regardant distraitement dans le miroir avant de se diriger vers la porte.

Il était temps qu'il se remette au travail et que les affaires reprennent.

Jennifer vérifia son téléphone portable pour la énième fois, un de ses pieds tapant impatiemment le sol tandis qu'elle attendait que l'ascenseur atteigne l'étage de son bureau.

Il se foutait d'elle !

C'était déjà suffisamment déstabilisant qu'il rejoigne la compagnie sans qu'elle en ait été prévenue, mais convoquer une réunion comme celle-ci sans l'attendre, prendre une décision aussi autoritaire dès le jour de sa prise de fonction, cela la mettait hors d'elle.

Et elle était arrivée bien plus tard qu'elle ne l'avait prévu.

Le besoin vital de Lucy de parler était trop évident pour qu'elle la repousse. Jennifer s'était débrouillée pour la rassurer et lui avait promis de trouver pour son mari l'aide dont il avait besoin. Et voir cet éclair de soulagement sur le visage de la jeune femme, même bref, valait chaque minute qu'elle avait perdue.

En tout cas, elle voulait le croire.

L'heure du déjeuner approchait, ce qui signifiait que la réunion battait son plein.

Sans elle…

La frustration lui noua la gorge et elle dut se forcer à déglutir. Elle devait garder la tête froide pour gérer la situation de manière appropriée et professionnelle.

Les portes coulissantes s'ouvrirent enfin et elle commença à marcher, ralentissant un instant pour espionner le bureau de Tony… qui était occupé. Son nouveau propriétaire était appuyé contre la paroi en verre, les bras croisés, tout en accordant toute son attention à Maxine, sa directrice du service de développement des produits.

Le charme de cette dernière rayonnait tandis qu'elle se tenait devant un tableau de conférence et parlait à l'assemblée. Il y avait deux autres employés présents, deux hommes que Jennifer ne reconnut pas. Sans doute des membres de l'équipe de Marcus si elle se référait au message qu'il avait envoyé.

Elle s'aperçut qu'elle commençait à attirer les regards de l'équipe qui l'entourait, alors elle se força à sourire et avança jusqu'au bureau d'Anna.

— Depuis combien de temps sont-ils là ?

— Quelques heures… Je peux vous apporter un café ?

— Volontiers.

Elle fixa Marcus à travers la vitre. Le voir se comporter comme s'il était chez lui alors qu'elle débarquait tout juste de son rendez-vous avec la femme de Tony décupla sa colère. Certes, elle ne le soupçonnait plus d'avoir profité de Tony, mais ce n'était pas simple pour autant de le voir prendre sa place.

Il tourna la tête et, quand leurs regards se croisèrent, des étincelles de désir la transpercèrent malgré elle. Elle détourna les yeux, se dépêcha de rejoindre son bureau et baissa les stores pour le faire disparaître et laisser sa fureur éclater.

Tu n'es pas en colère contre lui à cause de Tony. Tu l'es parce que tu n'arrives pas à contrôler ce que tu ressens pour lui. Tu l'es aussi parce qu'il a organisé une réunion qui t'exaspère et que tu le désires encore.

Elle jeta sa veste sur le portemanteau et marcha jusqu'à son bureau avant de prendre son portable dans son sac pour vérifier une troisième fois qu'elle avait bien décliné l'invitation à la réunion. Et sa réponse faisait clairement comprendre qu'elle devrait être déplacée à un autre moment. Une réunion intitulée « Hiérarchisation urgente des produits » ne pouvait se faire sans elle.

Il avait la foutue obligation de la déplacer !

Anna arriva derrière elle, un mug de café à la main.

— Et voilà.

— Merci, répondit Jennifer en le humant, attendant que l'odeur subtile opère sa magie réconfortante.

C'est cela, comme si un café allait tout changer. Seule une chose aurait pu la réconforter…

— Je peux vous apporter autre chose ?

La tête de cet homme sur un plateau ?

— Pouvez-vous demander à M. Wright de venir ?

— Bien sûr, dit Anna en repartant avant de se retourner. Vous voulez que je le fasse immédiatement ?

Jennifer posa son café et acquiesça avec un sourire. Son assistante le lui rendit, les mêmes étincelles joueuses se reflétant dans ses yeux.

— Aucun problème.

Elle attendit qu'Anna ait refermé la porte et s'écroula dans son fauteuil avant de lisser sa jupe crayon noire de ses paumes. Puis elle posa son ordinateur portable sur son bureau, croisa ses mains dessus et patienta.

Cela ne prit pas longtemps. Elle entendit un grattement sur la porte et força ses épaules à se détendre.

— Entrez.

— Jennifer, la salua-t-il en refermant la porte.

Le trouble causé par sa proximité se mélangea à sa colère. Et ce fut un miracle qu'elle parvienne à lever son regard sur lui en ignorant le col ouvert de sa chemise, son torse musclé souligné par la coupe de son costume de créateur et la fragrance de son eau de toilette qui parvenait jusqu'à elle.

Elle déglutit discrètement en priant pour qu'il ne le remarque pas, et se força à parler d'une voix posée.

— Je t'en prie, Marcus, assieds-toi.

— Tu as conscience que je suis au milieu d'une réunion ? dit-il d'un air surpris.

— Celle à laquelle j'étais censée participer… Oui.

— Nous allons la conclure par un vote. Pourquoi ne te joindrais-tu pas à nous ? dit-il après un instant d'hésitation.

— Un vote ? dit-elle en levant un sourcil avec un sourire ironique. Sur quelque chose au sujet duquel tu ne m'as pas briefé, même rapidement ?

— Eh bien, j'espère que tu accordes assez de crédit à Maxine pour avoir confiance en son opinion. Elle est assez impressionnante, d'ailleurs.

Jennifer sentit poindre un élan de jalousie qu'elle réprima aussitôt.

— S'il te plaît, assieds-toi, Marcus.

Elle avait besoin qu'il s'asseye pour que son bureau lui cache au moins une partie de son corps.

— J'ai très peu de temps, répondit-il en prenant place en face d'elle.

Il donnait l'impression d'être détendu, mais son regard affûté semblait vouloir lire dans ses pensées.

Elle allait lui épargner cette peine. Elle se mit debout, fit le tour du bureau, et s'appuya contre le meuble pour le dominer de sa taille. *Beaucoup mieux.*

Il leva les yeux en remontant le long de son corsage et, pendant une seconde, elle la vit, cette soif d'elle qu'il ne put lui cacher et qui faillit faire retomber sa colère. *Faillit*…

— J'ai une absolue confiance en Maxine, ce n'est pas le problème.

— Cela t'ennuierait de me dire de quoi il s'agit, alors ?

Sa voix grave et profonde résonna au creux de son ventre. Sa proximité était en train de réveiller cette partie d'elle qu'elle voulait ignorer à tout prix.

— Le fait que tu aies besoin que je te l'explique m'inquiète.

— Si c'est parce que j'ai organisé une réunion sans toi, alors j'ai bien peur de ne pas avoir eu le choix.

— On a toujours le choix.

Elle croisa les bras sur sa poitrine, et vit son regard se baisser un instant quand le souffle de l'air conditionné écarta le col de sa chemise en soie. Il ne croyait peut-être pas que le sexe et les affaires pouvaient aller de pair, mais son corps, lui, en était convaincu.

Se sentant en position de puissance, elle le fixa durement.

— Comment oses-tu diriger une réunion pour discuter de l'avenir de nos produits sans moi ?

— C'est compliqué et j'ai besoin d'y retourner maintenant pour terminer. J'ai une visioconférence avec les États-Unis dans quelques minutes.

— Très bien, alors fais-moi une synthèse rapide.

Il fit rouler sa tête sur ses épaules pour soulager ses tensions.

— J'ai appris qu'un de nos concurrents allait mettre sur le marché un produit que Tech-Incorp aurait dû sortir le premier. Nous devons concentrer toutes nos forces dessus pour les prendre de vitesse.

— Et tu ne pouvais pas attendre cet après-midi pour convoquer cette réunion ?

— Non, je voulais régler cela avant mon coup de fil avec les États-Unis afin de pouvoir faire un communiqué de presse dans la foulée.

— Ma question reste la même : cela ne pouvait-il pas attendre ?

— Écoute, mon directeur du marketing là-bas a essayé de me joindre cinq fois depuis 19 heures hier soir, c'était urgent. Et si nous n'avions pas été en train de…

— … baiser ? dit-elle à sa place dans un éclat de colère.

Les yeux de Marcus s'agrandirent et un muscle de sa mâchoire trembla.

— Oui.

— Tu n'aurais pas raté ses appels ?

— Non.

L'atmosphère changea quand les souvenirs de leurs corps emmêlés et de leur passion quasi impossible à satisfaire rendirent l'air presque palpable entre eux.

— Il faut que j'y retourne.

Son ton impatient et son mal-être lui donnèrent envie de le torturer un peu plus et, d'un air faussement détaché, elle croisa lentement une de ses cuisses sur l'autre en regardant ses yeux suivre le mouvement comme elle s'y attendait.

— Très bien, dit-elle. Mais prends cela comme un avertissement. Si tu me traites à nouveau comme une subordonnée, alors toi et moi…

Elle fit glisser un doigt le long de son torse avant de faire de même sur sa poitrine.

— Notre relation va devenir bien plus compliquée que tu l'avais imaginé.

Les yeux de Marcus flamboyèrent, il s'humidifia les lèvres d'un coup de langue, et tout à coup la bouche de Jennifer s'assécha.

— Je te l'ai déjà expliqué, Jennifer.

Il se tourna et une de ses mains caressa sa hanche, faisant frémir sa peau à son contact.

Ne réagis surtout pas !

— Et je m'y tiendrai. Ce n'était pas la meilleure façon de commencer une relation de travail.

Elle leva le menton pour le regarder de haut, mais

elle fut incapable de prononcer un mot, tétanisée par son regard.

— Mais ce que j'aurais dû ajouter, c'est que je n'ai pas le moindre regret.

Son souffle se coupa devant sa franchise...

Est-ce qu'elle le regrettait ? Si elle se montrait honnête, souhaitait-elle que rien ne se soit passé ?

— Et j'aimerais qu'il soit clair, dit-il en se levant pour lui faire face et en l'emprisonnant contre son bureau, que, si tu devais me provoquer à nouveau, tu devrais en assumer les conséquences.

Sa main caressa sa mâchoire, et un long frisson brûlant descendit le long de la colonne vertébrale de Jennifer.

— Tu m'avais promis de te contrôler ! protesta-t-elle d'une voix faible.

Merde, elle devait avoir l'air désespérée...

Il ne cilla même pas et ne s'écarta pas d'un centimètre. Alors elle essaya à nouveau.

— Et tu as une règle !

— Ce qui est drôle avec les règles, dit-il avec un sourire de prédateur, ses yeux rivés sur ses lèvres, c'est qu'elles sont bien plus amusantes quand on les enfreint.

Il pencha doucement la tête et tous les signaux d'alarme de Jennifer retentirent. *Balance-lui ton genou dans les parties, repousse-le, fais n'importe quoi...*

Mais au lieu de cela, elle soupira et le dévisagea d'un air atterré tandis qu'il souriait victorieusement. Puis il se recula.

— Comme je te l'ai déjà dit, tu es la bienvenue

pour nous rejoindre. Mais maintenant, il est temps que j'y retourne.

Il fit volte-face et sortit de son bureau en refermant la porte derrière lui. Son message était clair, il ne s'attendait pas à ce qu'elle le suive.

Qu'il aille se faire voir.

Elle tenta de reprendre le contrôle de sa respiration, malgré le brouillard du désir, de la frustration et de la colère.

Qu'est-ce qu'il lui arrivait ?

D'accord, elle le savait. Elle avait joué avec le feu en voulant se venger de l'impression d'être écartée et en le déstabilisant grâce au sexe. C'était un coup bas et cela ne lui ressemblait pas. Mais ce désir, ce qu'il lui faisait ressentir, était plus puissant que toutes les rivalités professionnelles. En tout cas, avant qu'il ne retourne ses propres armes contre elle.

Elle apaisa son souffle et s'écarta du bureau. Il était temps qu'elle lui prouve qu'elle n'avait pas besoin du sexe pour obtenir ce qu'elle voulait et qu'elle était quelqu'un qu'il valait mieux ne pas baiser.

En tout cas, pas de cette manière. Arrête, bon sang !

Elle prit une gorgée de café et se concentra sur son ordinateur.

Il allait voir !

— Toutes mes excuses.

Les yeux de Marcus se tournèrent vers Jennifer qui pressait son ordinateur contre sa poitrine.

Et merde.

Il n'était pas encore prêt à se trouver dans la

même pièce qu'elle, pas encore. Il avait espéré qu'elle resterait à l'écart, il avait même prié pour cela.

Décidément, elle était encore plus forte qu'il ne l'avait cru. Cela n'aurait pas dû l'étonner puisqu'elle l'avait déjà surpris à tous les autres niveaux.

— J'avais une affaire urgente à régler, continua-t-elle en s'adressant à l'assemblée.

Son ton suave lui rappela ses gémissements quand elle s'était abandonnée à ses caresses.

Elle s'avança vers eux tout en lui souriant.

Présente-la, espèce d'idiot !

— Jennifer, voici Gary mon directeur du développement des produits, et son second, Dan.

Les deux hommes se levèrent tandis qu'elle posait son café sur la table pour leur serrer la main. Et son sourire à se damner fit dérailler le cerveau de Marcus.

Pour l'amour de Dieu, concentre-toi sur le travail. La première journée n'est même pas finie et tu perds déjà tous tes moyens. Au temps pour ton foutu self-control.

Mais d'un autre côté, c'était elle qui avait franchi la ligne, elle qui…

— Marcus ?

Ils le regardaient tous en ayant l'air d'attendre quelque chose, surtout Jennifer qui venait de prononcer son nom en haussant un sourcil.

— Pourrais-tu me dire où vous en étiez ?

L'étincelle dans son regard lui fit comprendre qu'elle savait parfaitement à quoi il pensait, et ce n'était pas au travail.

C'était de mieux en mieux…

Il acquiesça et se força à se concentrer.

— Maxine était en train de résumer l'impact de ma proposition sur votre flux de produit.

— J'imagine qu'il s'agit d'utiliser nos ressources pour permettre au nouveau produit de Tech-Incorp d'être mis plus tôt que prévu sur le marché ?

Elle avait mis dans le mille et, à son crédit, elle ne montra pas la moindre émotion.

— C'est exact, dit Maxine en s'avançant pour lui donner une copie du plan d'avancement où elle avait annoté ses remarques à la main. L'impact ne devrait pas être trop important, mais nous devrons retarder les projets Azure et Topaze.

Jennifer acquiesça et posa son ordinateur à côté du document qu'elle parcourut rapidement.

— Avez-vous le temps de me faire une présentation rapide de ce produit Tech-Incorp ? dit-elle en fixant Marcus qui se tourna aussitôt vers Gary.

— À toi l'honneur.

— Bien sûr.

Comme cela, elle ne le regarderait plus pendant un moment. Il s'adossa de nouveau dans son fauteuil et écouta Gary vendre leur projet à l'assemblée.

Il pouvait voir que Jennifer appréciait le briefing. Mais s'il avait cru se libérer en la détournant de lui, il s'était lourdement trompé. Pouvoir l'observer tranquillement ne fit que la faire grimper encore plus dans son estime. La Jennifer professionnelle posait les bonnes questions, écoutait attentivement en faisant des remarques justes. Le tout emballé dans un paquet aussi beau que captivant.

Aurait-elle pu être plus parfaite ?

— J'imagine que Maxine vous a tous informés du fait que nous développons quelque chose de semblable ?

— Je l'ai fait, dit cette dernière.

— Et donc, vous avez débattu pour savoir lequel des deux produits devait profiter du support de nos forces conjointes ?

— Nous l'avons fait, répondit Gary bien que Jennifer regarde Maxine pour en avoir confirmation.

— Tout à fait, dit-elle d'un air gêné, et j'ai suggéré que nous incorporions quelques-unes de nos caractéristiques.

— Mais nous avons conclu que cela prendrait trop de temps, intervint Dan.

Jennifer le renvoya dans son siège d'un regard.

— De quel genre de délais parlons-nous ?

— Quelques semaines, répondit Marcus. En tout cas, je l'espère. J'en aurai la confirmation après mon coup de fil avec mon expert américain.

— Dans ce cas, je pense que nous devons prendre plus de temps pour nous assurer de sortir le meilleur produit possible.

— Mais nous avons presque franchi la ligne d'arrivée ! intervint Gary.

— J'avais compris, lui dit-elle avec un sourire de tueuse. Néanmoins, mon équipe a travaillé dur jusqu'à aujourd'hui et accepter de tout abandonner le jour de votre arrivée serait bien trop imprudent.

La pièce devint silencieuse tandis que les conséquences de ses paroles frappaient l'assemblée.

— Non seulement cela permettra à nos employés de ne pas se sentir écartés et déconsidérés, mais cela nous rassurera également sur la qualité du produit que nous produirons.

Marcus sentit le regard des deux hommes se poser sur lui et surprit le sourire approbateur de Maxine. Mais les yeux de Jennifer étaient fixés sur les siens, et il était en train de s'y perdre, son admiration se renforçant à la même vitesse que son irritation.

— Très bien, s'entendit-il dire. Rassemblez les deux équipes. Ils ont jusqu'à la fin de la semaine pour nous faire une proposition et la mettre en œuvre.

Les lèvres de Jennifer se retroussèrent en un sourire de triomphe. Il aurait tué pour l'effacer avec les siennes.

— Il me semble que nous avons beaucoup à faire, dit-il en les regardant tour à tour. Alors mettons-nous au travail !

Tous se levèrent sauf elle.

— J'imagine que tu souhaites rester pour cette visioconférence ?

Elle hocha la tête, ce mouvement attirant son attention sur ses boucles d'oreilles, puis sur le creux si doux de sa peau juste derrière. Et sa bouche s'assécha tant son désir de la goûter était irrépressible.

La pièce s'était vidée quand il reprit ses esprits.

— Est-ce que tu veux juste te battre contre moi,

ou es-tu réellement en train de défendre ton produit et ton équipe ? demanda-t-il.

Elle lui sourit, puis croisa lentement les jambes.

— J'aimerais te dire que je suis complètement professionnelle, dit-elle avec un regard espiègle qui mit le feu à ses reins, mais me battre contre toi est assez amusant.

— Tu as bien compris mon avertissement ?

— Parfaitement, lui dit-elle doucement.

Il ouvrit la bouche pour répondre, mais rien ne vint, rien qui fit sens…

Qu'aurait-il pu faire ? Mettre sa menace à exécution ? Et où est-ce que cela le mènerait ? Les mènerait ?

Il fut sauvé par la sonnerie de son téléphone le prévenant de l'appel de son expert américain et elle se leva de son siège pour le rejoindre derrière son bureau.

Il aurait voulu pouvoir dire que cet appel avait toute son attention. Et aussi qu'il saurait se concentrer uniquement sur le travail pour le reste de cette semaine. Mais il n'était pas du genre à se mentir. Quant à sa promesse de se contrôler, elle le rendait fou. Sa présence constante créait un désir que rien ne pouvait chasser. Ou plutôt aucune autre femme.

Et son humeur commençait à en pâtir.

Finalement, le célibat ne lui apportait rien de bon, ni pour son plaisir ni pour son travail.

11

Jennifer lisait le même article depuis une heure et elle n'arrivait toujours pas à le comprendre.

Quel gâchis pour une journée commencée aux aurores.

— Cela ne peut pas continuer comme ça, murmura-t-elle entre ses dents, avant de se lever avec son café.

Elle marcha jusqu'à la fenêtre et regarda les passants qui rejoignaient leurs bureaux.

Est-ce que l'un d'eux souffrait du même trouble qu'elle ? Leurs pensées tournaient-elles en rond, obsédées par un unique désir ?

Il y avait eu un moment d'intimité entre eux, la nuit dernière, quand ils avaient partagé leur passé. Une intimité qu'elle n'avait jamais trouvée en dehors de sa famille. Et cela semblait vrai pour lui aussi. Elle avait senti qu'il s'était livré parce qu'il pensait le lui devoir et qu'il avait dû se battre contre lui-même pour y arriver. Ce qu'il lui avait raconté lui avait brisé le cœur et elle n'en revenait pas qu'il se soit relevé de ce qui aurait été fatal à bien d'autres.

Mais n'était-ce pas qu'une apparence ? Elle avait

vu sa douleur, son amertume et sa gêne quand il avait parlé de ses grands-parents. Elle avait ressenti le besoin de l'aider, de lui faire tout oublier.

Et cette nuit-là, il l'avait possédée corps et âme, et elle s'était totalement abandonnée au besoin qui les consumait tous les deux.

Pourtant, le matin suivant, elle était parvenue à se recentrer sur les problèmes de Tony, mais en réalité elle n'avait fait qu'essayer d'oublier Marcus et d'éradiquer cette envie de l'aider à s'en sortir. Mais elle avait pris profondément racine.

Elle serra fort le mug qu'elle tenait des deux mains en appuyant son front contre la vitre fraîche.

C'était inutile. Quelle que soit la force qu'elle mettait à le repousser, il revenait toujours, surtout la nuit, dans ses rêves qu'elle ne pouvait contrôler et qui lui semblaient si réels et si parfaits. Puis elle devait se lever et aller travailler comme si de rien n'était, en sachant qu'ils ne feraient plus jamais l'amour.

Cela faisait moins d'une semaine. Pourtant, elle avait l'impression que des mois avaient passé. Et travailler dans les mêmes bureaux que lui la rendait folle. Toujours sur le qui-vive dans l'espoir de l'apercevoir, s'accrochant jusqu'à la prochaine rencontre. Rien de tout cela n'était propice à son travail.

Elle avait essayé de se protéger, de travailler ailleurs, même au café en bas de la rue, mais son esprit persistait à vagabonder. Et à peine était-elle revenue, qu'il l'appelait aussitôt sous un prétexte ou un autre. Il exagérait son besoin de l'intégrer à ses décisions. Mais elle ne pouvait s'en prendre qu'à elle-même. Après tout, c'était elle qui l'avait menacé s'il ne la tenait pas au courant.

Bravo, Jennifer.

Elle fit glisser ses doigts sur ses lèvres en se rappelant la manière dont il avait tenté de la dominer, si proche quand il l'avait coincée contre son bureau. Mais tout à son crédit, il s'était montré parfaitement professionnel depuis ce jour. Et elle avait fait en sorte de ne pas lui fournir d'occasion. Bien que cela ne la rende pas vraiment heureuse et lui donne l'impression d'être une bouteille de soda qu'on avait secouée et qui allait exploser.

Anna frappa à la porte, et elle se retourna pour la saluer.

— Oh ! fit son assistante en la dévisageant. Vous vous sentez bien ? Vous n'en avez pas l'air.

— Longue semaine…

— Au moins, vous ne travaillez pas pour M. Wright. Son assistante m'a dit qu'il n'avait jamais été aussi difficile et que ses journées étaient infernales.

— Ah, dit-elle en feignant l'indifférence pour cacher l'excitation qu'elle ressentait à la simple mention de son nom.

— Apparemment il est impossible à satisfaire. Son café est trop chaud, trop froid, trop sucré, reprit Anna en roulant des yeux d'un air dramatique. Il ne cesse de demander des corrections aux documents, change tous ses rendez-vous…

— Et ce n'est pas toujours comme cela ? dit-elle en s'empêchant de sourire.

— Je ne pense pas qu'elle travaillerait encore pour lui si c'était le cas. Elle m'a dit être au bord de la démission, alors que cela fait plus de cinq ans qu'elle l'assiste.

— Peut-être qu'il a du mal à s'adapter à la situation ?

— Si c'est le cas, ne pourriez-vous pas l'aider ?

Le sourire d'Anna était innocent, contrairement à l'esprit de Jennifer qui se réjouissait déjà des nombreuses manières dont elle pourrait l'aider, aucune n'étant décente, bien sûr.

— Si cela continue, il sera bientôt un problème pour vous aussi. Et aussi sexy soit-il, vous n'avez pas besoin de ce stress en plus.

Anna avait raison. Et elle aurait sans doute dû en être plus inquiète. S'ils avaient tous les deux du mal à fonctionner, comment les affaires le pourraient-elles ?

— Je lui parlerai quand il arrivera, dit-elle en regardant sa montre et en constatant qu'il était déjà tard.

Son inquiétude monta d'un cran.

— En parlant du diable, dit Anna en le regardant à travers la vitre. Aucun homme ne devrait avoir le droit d'être aussi séduisant, vraiment.

Jennifer entendit à peine les paroles de son assistante, et ses lèvres s'écartèrent en suivant Marcus des yeux. Il avait dû aller courir à en juger par sa peau luisante et ses vêtements qui collaient à ses muscles. Et ses doigts tremblèrent en se souvenant de leur contact.

Elle avala sa salive et détourna le regard avant qu'il ne remarque sa fascination, mais il était trop tard. Son regard affûté avait saisi le sien et son sourire atteignit presque ses oreilles quand il lui fit un signe de la tête.

— Voilà l'occasion, reprit Anna. Puis-je lui dire que vous voulez lui toucher un mot ?

— Non ! Enfin, oui… Mais je pense qu'il préférerait prendre une douche avant.

— Sans doute, dit Anna. Alors je vais juste lui dire que vous souhaiteriez lui parler quand il sera prêt.

Elle partit et revint une minute plus tard.

— Il a dit que vous pouviez venir le voir dans dix minutes.

— Très bien.

Avait-il dit s'il serait convenablement vêtu d'ici là ? Dix minutes…, elle lui en donnerait quinze, juste pour être sûre.

Il vérifia l'heure. Elle aurait déjà dû être là. Il regarda le couloir, aucun signe. Devait-il aller la rejoindre ?

Peut-être avait-elle eu un empêchement ? Il ne voulait pas avoir l'air impatient. Son plus grand défi dans sa nouvelle prise de fonction avait été de trouver le bon équilibre dans ses rencontres avec elle afin de gérer son besoin presque irrépressible de la voir. Et la pourchasser ne l'aiderait en rien.

Mais c'était elle qui avait demandé à lui parler, elle qui lui avait fourni une raison…

Bon sang, arrête d'analyser chaque détail !

Il avait fait un jogging jusqu'au bureau ce matin, pour se vider l'esprit et réussir à redevenir celui qu'il avait toujours été avant qu'elle fasse irruption dans sa vie. Mais la seule chose que cela avait prouvé était qu'il en était incapable. L'unique possibilité pour qu'il puisse recommencer à penser clairement tout en travaillant avec elle serait de l'avoir dans son lit la nuit. Et c'était pure folie.

Mais folie ou non, il ne trouvait pas d'autres solutions.

Peut-être en était-elle là, elle aussi ? Peut-être était-ce pour cela qu'elle souhaitait le voir ? Il pouvait toujours l'espérer…

Il attrapa son téléphone et se dirigea vers la porte quand l'appareil sonna dans sa paume. Il regarda l'écran et se figea. C'était sa grand-mère. Il refusa l'appel en se disant qu'il lui renverrait un message pour lui dire qu'il était occupé… Mais l'appareil sonna à nouveau. Elle insistait et il était tôt, c'était sans doute urgent. Son sang se glaça. Puis, sentant un mouvement, il releva le regard et vit Jennifer s'approcher tandis que la sonnerie retentissait toujours.

Il la regarda, puis il regarda le téléphone, sachant ce qu'il aurait dû faire mais ayant tout de même peur de le faire.

Dis-lui juste que tu la rappelleras.

Jennifer frappa à sa porte et il lui fit signe d'entrer tout en prenant l'appel.

— Bonjour, mamie. Est-ce que je peux te rappeler dans une minute ?

— C'est moi, fils.

La voix familière de son grand-père retentit au bout de la ligne et il fronça les sourcils.

— Désolé de t'appeler aussi tôt, mais ta grand-mère est à l'hôpital.

Tout disparut autour de Marcus et sa respiration se coupa.

— Ils pensent qu'elle a eu une attaque, dit-il avant de se racler la gorge, sans doute pour cacher son émotion.

— À quel point est-ce grave ?

— Elle est stable. Et ils disent qu'elle va mieux. Elle doit se reposer. Mais je me suis dit que tu devais le savoir.

La culpabilité serra la gorge de Marcus, le faisant suffoquer. Et il regarda Jennifer dont l'inquiétude semblait évidente.

— Merci. Tu me tiens au courant, n'est-ce pas ?

— Bien sûr, mon garçon.

Il se sentait perdu et ne savait pas comment réagir. Tout ce qu'il savait, c'est qu'il détestait l'émotion qui lui nouait le ventre.

— Marcus, tu es toujours là ?

— Oui, pardon papi. Je peux te rappeler plus tard ?

— Oui.

— Dis-lui que je l'aime.

Il entendit un soupir à l'autre bout de la ligne.

— Je le ferai.

Et il raccrocha.

— Que se passe-t-il ? demanda Jennifer en s'avançant pour poser une main sur son bras.

Il se recula instinctivement pour rompre ce contact en ressentant une forme de panique. Son ton inquiet, la douceur de son geste étaient comme un baume sur la blessure qui déchirait son cœur.

Comment faisait-elle cela si naturellement ?

Ses poils se hérissèrent et ce frisson glacé s'intensifia à mesure que son inquiétude pour sa grand-mère grandissait.

— Marcus ? Que se passe-t-il ?

— C'est ma grand-mère, dit-il en retournant à son bureau tout en évitant de la regarder. Elle est à l'hôpital, elle a fait une attaque.

Jennifer fit un petit bruit, mais il refusa de lever les yeux et s'adressa à elle avant qu'elle ne puisse le faire.

— De quoi voulais-tu me parler ?

— Marcus, répéta-t-elle doucement. Regarde-moi.

Ne comprenait-elle donc pas ? Il ne voulait pas en parler, ni avec elle ni avec personne.

Il se força à supprimer toute émotion de son visage, et leva les yeux.

— Je ne souhaite pas en discuter.

Elle l'observa un moment, les lumières de son bureau se reflétant dans ses yeux verts emplis de compassion.

— Très bien. Mais tu ne crois pas que tu devrais y aller ?

— Y aller ? Tu es folle ? Nous avons une réunion de production dans une heure.

— Et la femme qui t'a pratiquement élevé est couchée dans un lit d'hôpital.

— Apparemment, elle est stable… et se porte bien.

Il lui répétait les mots de réconfort de son grand-père, ignorant volontairement ses conseils.

— Elle n'a pas besoin de moi.

— Bien sûr, qu'elle a besoin de toi, dit-elle en s'avançant, avant de renoncer quand il recula à nouveau. Tu dois y aller.

Vas-y. Retourne au pays de Galles.

Son estomac se retourna et il secoua la tête en la regardant. Que connaissait-elle de tout cela ? Elle ne pourrait jamais comprendre…

— Ce dont tu as besoin est urgent ou cela peut attendre ? demanda-t-il.

— Marcus, le temps est précieux. Je donnerais n'importe quoi pour en avoir eu plus à passer avec mon père. Et je suis sûre qu'il en va de même pour ta mère.

Il ferma les yeux pour qu'elle ne voie pas l'effet de ses mots sur lui.

— Ne laisse pas… quoi que ce soit… t'empêcher de profiter du temps qu'il te reste avec tes grands-parents.

Elle se tut, mais il refusa de se retourner, toute réponse lui semblant impossible. Alors, il l'entendit soupirer et crut qu'elle repartait. Mais le soulagement qu'il ressentit se transforma aussitôt en déception.

— S'il te plaît, réfléchis-y. Je peux défendre le fort toute seule, dit-elle avant de refermer la porte derrière elle.

Et au cœur de la tempête qui le malmenait, il sentit naître une chaleur, de l'admiration, du respect… quelque chose de plus fort ? Qu'il soit maudit s'il le savait. L'inquiétude de Jennifer pour ce qu'il traversait le déconcertait complètement. Cette émotion s'amplifia et la confusion le paralysa sur place.

Qu'était-il censé faire de tout cela ?

12

Concentre-toi, Jennifer. Cela ne te regarde pas…

Le document affiché sur l'écran ressemblait à des lignes grises sur du blanc, et n'avait aucun sens. C'était comme cela depuis le matin, comme si elle errait dans une sorte de flou, passant de l'envie d'aller le rejoindre à celle de lui demander de partir, mais en se gardant bien de faire quoi que ce soit.

Elle avait déjà dépassé les limites. Elle le savait, mais elle n'avait pas pu s'en empêcher. Pas quand elle avait vu le stress déformer les traits de son si beau visage. Et son inquiétude n'avait fait que grimper quand il n'était pas parti. Sans parler du fait qu'il s'arrangeait pour ne pas avoir le moindre contact avec elle et fuyait son regard.

Elle se sentait désemparée. Et elle avait réalisé avec effroi en arrivant chez elle qu'elle s'impliquait beaucoup trop. Et que, malgré sa volonté et tous les amants qu'il lui restait à rencontrer, elle l'avait dans la peau. Quand elle avait vu le chagrin, la peur et la confusion dans ses yeux, elle avait ressenti un besoin vital d'aller vers lui et de le consoler. Mais il avait été très clair sur le fait qu'il ne voulait pas cela d'elle. En fait, il n'aurait pas pu s'éloigner d'elle plus vivement qu'il ne l'avait fait, ni la repousser plus abruptement.

Elle aurait dû se sentir reconnaissante de ce rappel de la frontière professionnelle de leur relation. Mais ce n'était pas la reconnaissance qui lui donnait mal au ventre et qui faisait s'égarer son esprit…

Elle posa une main sur son estomac, ferma les yeux doucement et les rouvrit en fixant l'écran, pour se reconcentrer. Il y avait des tâches qu'elle devait accomplir, des choses qui étaient sous son unique responsabilité.

Un coup bref sur la porte la fit sursauter et Anna entra.

— Pardon, je ne voulais pas vous surprendre, mais vous avez vu l'heure ?

Merde. Il lui restait quarante-cinq minutes avant le départ de son train pour Leeds. Comment avait-elle pu l'oublier ? Quelle question stupide…

Elle se dépêcha de ranger ses affaires dans son sac, son esprit tentant de penser à ce dont elle avait besoin.

— Je suis désolée, j'aurais dû vous le dire plus tôt, mais je me suis battue des heures avec cette maudite photocopieuse.

— Ce n'est pas votre faute. Je devrais juste…

— Il y a une urgence ?

Dans sa panique, elle n'avait pas vu Marcus s'approcher, et voilà qu'il se tenait devant elle sans qu'elle ait pu s'y préparer. Et tout à coup, elle eut du mal à respirer.

— Jennifer est en retard pour prendre son train pour Leeds, répondit Anna alors qu'elle restait silencieuse.

Elle s'empara de son sac et attrapa son manteau en passant devant eux.

— Je dois aller rejoindre ma famille.

Ils s'écartèrent pour la laisser passer, mais elle sentit qu'il la suivait.

— Colin va t'emmener à la gare.

Elle se tourna pour protester, mais renonça.

Ne sois pas butée, pas quand il est ta meilleure chance.

— Merci.

Il était déjà en train d'appeler et de donner des instructions. Elle regarda Anna et lui demanda si elle avait les informations qu'elle lui avait demandées.

— Oui, dit-elle en lui tendant une enveloppe. Et Lucy les a approuvées.

— Merci, passez un bon week-end.

— Je vais t'accompagner, lui dit alors Marcus. Nous devons parler de quelque chose.

Elle regarda son assistante s'éclipser et sentit ses nerfs se tendre en réalisant qu'il ne restait pratiquement qu'eux dans l'*open space*.

— Colin est presque arrivé, dit-il en la pressant vers l'ascenseur.

Elle s'aperçut alors qu'il ne portait qu'une chemise noire dont les manches étaient retroussées et le col ouvert, et son instinct protecteur prit le dessus.

— Tu ne veux pas prendre une veste d'abord ?

— Tout va bien.

Et son regard sombre la fit trembler.

C'est de la folie… Débrouille-toi seule… Rate ton train… Prends-en un autre… N'importe quoi.

Dieu, voulait-il lui parler pour lui dire qu'elle avait dépassé les bornes ?

Elle sentit le sang affluer à ses joues. Oh non, elle savait trop bien ce qu'il lui arrivait, elle ne voulait pas…

La main de Marcus s'enroula autour de son coude, son esprit devint vide et son corps resta seul aux commandes.

Dehors, Colin les attendait, debout devant la portière arrière ouverte. Il avait déjà reçu des instructions, et à peine furent-ils à l'intérieur qu'il se mit au volant et démarra.

— Tu n'avais pas besoin de faire cela, dit-elle, le regard fixé sur la circulation, les deux mains posées sur ses genoux.

— J'avais besoin d'une occasion pour m'excuser.

— Pourquoi ? dit-elle en ouvrant de grands yeux surpris.

— J'ai été très sec avec toi ce matin, dit-il en secouant doucement la tête d'un air amer.

Et elle sentit une immense tristesse l'envahir. Il aurait dû y aller.

— Je n'avais pas le droit de m'en mêler, je suis désolée.

— Quoi qu'il en soit, tu avais raison.

— Vraiment ? répondit-elle en redressant la tête.

— Absolument, dit-il en tendant la main pour repousser presque tendrement une mèche rebelle derrière son oreille.

Un frisson torride se fraya aussitôt un chemin jusqu'à son ventre et un feu sur lequel elle n'avait aucun contrôle commença à y brûler.

— Je n'ai pas aimé l'entendre, mais, oui, tu avais raison. Je dois y aller.

— Alors pourquoi es-tu encore là ? dit-elle en se sentant soulagée par sa décision et par la familiarité de son geste.

Ne baisse pas la garde. C'est bien qu'il y aille, mais cela ne change rien à ce qu'il est pour toi. Ton associé en affaires, rien de plus.

— Pourquoi te retarder en m'accompagnant à la gare ?

— Parce que tu avais besoin de prendre ce train et moi de m'excuser. Ne t'inquiète pas, j'y vais juste après, dit-il en fermant les yeux un instant avec un petit sourire. Cela m'a fait du bien de le leur dire et je dois te remercier pour cela.

Il l'observa un moment et l'atmosphère changea, se remplissant d'une émotion non définie. Elle dut lutter pour répondre.

— J'en suis heureuse.

— Moi aussi, dit-il doucement. Je serais parti plus tôt s'il n'y avait pas eu des choses que je devais absolument régler avant. Et puis, il y avait toi. Je ne pouvais pas y aller sans m'excuser. Et même si j'ai horreur de l'admettre, il me fallait du temps pour en trouver le courage.

— Toi, un dégonflé ?

Cet aveu apaisa la tension et elle se sentit tout à coup l'esprit léger.

— Quelque chose comme ça. Je ne suis pas doué pour reconnaître mes torts, dit-il avec son fameux petit sourire.

Elle le lui retourna, sa franchise le rendant encore plus irrésistible.

— Mais il y a autre chose dont nous devons discuter avant que je disparaisse.

Elle frissonna et se força à continuer à lui sourire.

— La vérité est que je ne suis plus moi-même depuis notre rencontre.

Ses doigts caressèrent sa nuque et ce frisson brûlant réapparut en se décuplant en force et en longueur.

— Tenter de faire comme si rien ne s'était passé entre nous a été une torture. Savoir que tu es là, juste au bout du couloir, et que je ne peux pas t'avoir… Je n'arrive pas à penser à autre chose.

Elle enfonça ses ongles dans ses genoux, incapable de détourner le regard. Et les conséquences de ce qu'elle pourrait faire, si elle se laissait aller, la paralysèrent tandis que la chaleur dans son ventre se transformait en fournaise.

— Je n'arrive pas à travailler, continua-t-il. Je ne dors pas et je ne peux plus rentrer chez moi sans penser aux moments que nous y avons passés.

Son honnêteté transperça les défenses de Jennifer et fit vibrer son cœur, lui faisant envisager des possibilités qu'aucune crainte ne put effacer.

— La vérité…

Il se répétait et tout son être se tendit vers ce qu'il voulait lui confesser, faisant naître en elle une étincelle d'espoir qui n'avait pourtant pas le droit d'exister.

— Je ne pense pas pouvoir fonctionner si je ne peux pas t'avoir, sans que nous laissions cette chose qui se passe entre nous suivre son cours.

Elle fronça les sourcils et frissonna pour de vrai. Suivre son cours ? Croyait-il qu'ils atteindraient une limite ? Qu'ils se réveilleraient un matin et que tout serait terminé, le besoin, le désir et cette douleur lancinante ?

N'était-ce pas ce que tu croyais aussi ? Quand tu lui as demandé cette dernière nuit, n'espérais-tu pas qu'il fasse la même chose ?

Mais ce n'était pas aussi simple. En tout cas, pas pour elle.

Elle prit sa main dans la sienne pour stopper ses caresses.

— Je t'en prie, Marcus.

Sa voix était faible, mais elle repoussa sa main, reposa la sienne sur son genou et tourna son regard vers la vitre.

— Ne me dis pas que tu ne le ressens pas aussi, insista-t-il. Que tu n'as pas lutté toute la semaine. Je sais que tu as essayé de m'éviter. Je t'ai vue t'échapper des bureaux. J'ai vu que tu m'observais quand tu pensais que personne ne pouvait te voir.

Elle déglutit et secoua la tête pour tenter de nier.

— Et cela, dit-il en donnant un petit coup sur le pendant d'une de ses boucles d'oreilles en cristal, me rend fou.

— Pardon ?

— La manière dont elles se balancent quand tu bouges la tête, comme en ce moment… Tu le fais pendant les réunions, et cela m'hypnotise et attire mon regard sur ta peau, juste là dit-il en faisant glisser son pouce sur son lobe. Cela me rappelle sa douceur, ton goût et tes gémissements quand je le léchais.

Dieu, elle aurait pu gémir là, tout de suite, et elle sentit ce désir qui la dépassait prendre le contrôle de son corps.

Ne craque pas…

— Et tu sais ce que cela me donne envie de faire ? dit-il en se penchant jusqu'à ce qu'elle sente son souffle chaud sur la peau si fine de son cou. Cela me donne envie de t'entendre faire ce tout petit bruit…

Quand sa bouche remplaça son pouce, le corps de Jennifer réagit comme un volcan en fusion et elle explosa en faisant ce petit cri impulsif qu'il savait si bien lui arracher.

— Non…

— Pourquoi ? dit-il d'une voix de plus en plus rauque. Pourquoi nier quelque chose qui nous fait autant de bien ?

— Parce que ce n'est pas bon pour les affaires.

— Le nier aussi, dit-il en parcourant son cou du bout de sa langue. Tu veux me faire croire que tu as eu une semaine productive ?

Tout en parlant, il passa sa main autour de sa nuque pour la courber et faciliter ses caresses.

— Bon sang, Marcus, j'essaie de nous sauver d'une catastrophe potentielle.

Elle essayait surtout de l'empêcher de briser son cœur.

— J'admire ton zèle. Mais tu en vaux le risque.

Pourquoi fallait-il que tout soit si fort et si spécial ?

Et quelque chose se rompit à l'intérieur d'elle, quelque chose qui fit que ses mains s'agrippèrent à ses cheveux et que son corps se liquéfia. Elle avait besoin qu'il la remplisse, qu'il la rende complète et fasse disparaître ce besoin douloureux et ce stress qui n'en finissaient plus.

— Tu as un goût de vanille et de miel, soupira-t-il contre elle en laissant ses doigts glisser sur la courbe de son corsage tout en cherchant les boutons de sa chemise.

Et il commença à les défaire sans qu'elle trouve la force ou l'envie de l'arrêter. Sa respiration était devenue erratique et les pulsations de son entrejambe étaient si fortes qu'elle enfonça ses ongles dans ses cheveux.

Il écarta alors sa chemise et l'air frais de la climatisation descendit le long de ses seins.

— Je ne pourrai jamais m'en lasser, soupira-t-il.

Elle le regarda à travers la brume de son esprit, vit son regard qui brûlait sa peau et perdit définitivement la tête. Le désir qui la possédait avait eu raison de sa volonté.

— J'ai besoin de te goûter.

Sa voix n'était plus qu'un souffle et ses yeux lui

demandaient la permission. Mais elle était incapable de parler et acquiesça de la tête.

— Nous serons bientôt arrivés, dit-il en s'agenouillant pour faire remonter sa jupe sur ses hanches. Si nous avions eu plus de temps, je t'aurais dévorée en entier…

Puis il glissa ses mains sous ses fesses pour la faire basculer et lui écarta les cuisses en lui collant les genoux contre le cuir froid de la banquette. Ce qui restait de rationalité au fond de son esprit criait à Jennifer qu'elle devait l'arrêter, mais ce désir douloureux, cette incapacité à penser à autre chose, elle ne pouvait plus les supporter.

Seul lui pouvait les faire disparaître.

— Reste ouverte pour moi, dit-il en lui prenant les mains pour qu'elles remplacent les siennes. Voilà, c'est bien…

Il se recula en la buvant des yeux, puis repoussa la dentelle de sa culotte tandis que son autre main écartait ses petites lèvres.

— Si mouillée. Si incroyablement belle, murmura-t-il en se penchant vers sa cible.

Seigneur !

Elle renversa la tête et un premier spasme la transperça quand il prit son clitoris entre ses dents. Une vague de plaisir la submergea et elle enfonça ses propres ongles dans ses cuisses pour les maintenir ouvertes.

Sa bouche, sa langue, ses dents étaient insatiables, et ses doigts entrèrent en elle comme il l'aurait fait avec son sexe. Un, puis deux – *oh oui, Dieu, oui* -, trois, quatre. Elle se lova contre lui, elle ne pouvait pas en recevoir plus… C'était impossible… mais il incurva son pouce et commença à faire des allers-retours avec toute sa main tandis que sa langue se déchaînait sur son clitoris.

— Viens pour moi, ma chérie, viens, lui ordonna-t-il.

Son ton impérieux et ses doigts qui la remplissaient lui firent franchir la dernière barrière et elle explosa en criant son nom tandis que le monde volait en éclats autour d'elle.

Il la contempla d'un air fasciné et retira doucement ses doigts en soutenant son regard fiévreux tandis qu'il les léchait.

— Je crois que je ne pourrai jamais me lasser de te goûter.

Si seulement c'était vrai, lui murmura sa voix intérieure qu'elle écouta enfin, maintenant qu'elle était comblée. Tout son corps se refroidit en un instant et elle détourna le regard.

— Nous n'aurions pas dû.

Son amertume et son dégoût de sa faiblesse lui revinrent comme une gifle.

— Tu veux me faire croire que tu n'as pas aimé ?

Il laissa sa main glisser sur sa cuisse et elle rabattit sa jupe à sa suite pour le repousser. Et, quand elle commença à reboutonner sa chemise, elle sentit une envie soudaine et glaçante de pleurer.

— Nous ne pouvons pas travailler ensemble et faire cela.

— Je ne suis pas d'accord. Je crois au contraire

que c'est essentiel si nous voulons revenir dans la partie.

Revenir dans la partie. Ce n'était rien de plus pour lui ?

— Écoute-moi, lui dit-il. Nous travaillons trop dur tous les deux pour avoir une relation décente avec qui que ce soit.

Elle ne répondit pas, mais ses doigts tremblaient pendant qu'elle se reboutonnait.

— Alors pourquoi ne pas profiter de cette situation ?

Elle pouvait sentir le poids de son regard tandis que son cerveau luttait contre sa proposition et que son corps la pressait d'accepter.

— Nous sommes des adultes, insista-t-il. Nous pouvons assouvir notre désir et libérer nos esprits du besoin pour rester concentrés sur notre travail, sans avoir à nous soucier des contraintes d'une vraie relation.

Pas d'obligation. Pas de sentiments. Juste du sexe.

Son cœur se serra et elle se maudit d'être aussi pathétique. Pourquoi ne pouvait-elle pas juste répondre oui ? Personne ne lui avait jamais fait un effet aussi incroyable que lui. Elle n'avait jamais désiré quelqu'un comme elle le désirait.

Mais tu n'as jamais non plus été aussi folle de quelqu'un.

— Prends le week-end pour réfléchir, reprit-il face à son silence. Tu me répondras lundi.

Comment faisait-il pour paraître si sûr de lui alors qu'elle était totalement bouleversée ?

Parce qu'il a envie de ça, envie de toi… Mais pas de plus.

C'était le vrai problème. Il pouvait se contenter du sexe et se passer du reste. Et elle aurait voulu pouvoir faire pareil.

— Je vais y réfléchir, finit-elle par dire, soulagée qu'ils arrivent à la gare et d'être bientôt libre.

Dès que la voiture s'arrêta, elle sortit sans attendre Colin et referma la portière derrière elle. Elle ne lui dit pas au revoir, elle ne remercia pas son chauffeur, elle avait besoin d'espace, tout de suite.

Mais la distance n'y fit rien. Et il hanta ses pensées pendant tout le voyage.

Elle s'immergea dans sa liste de choses à faire, coordonner la cure de désintoxication de Tony, payer les factures, répondre à ses mails, et autres. Mais il était toujours là, à l'affût, au fond de son esprit. Et quand le taxi la déposa devant chez elle, la tête lui tournait et la tension qui s'accumulait en bas de sa nuque annonçait une mauvaise migraine.

— Jenny ! s'exclama sa sœur en dévalant l'escalier du perron en pierre pour l'accueillir.

— Merci, dit-elle au chauffeur qui lui tendait son sac juste avant que les bras de Kate la serrent fort par-derrière.

— C'est si bon de te voir.

— Toi aussi, dit-elle en se retournant pour lui rendre son étreinte et embrasser sa joue. Comment va maman ?

— Bien, vraiment bien, dit-elle tandis qu'elles

marchaient vers la maison. Elle lit dans la bibliothèque. Nous nous sommes aperçus que cela l'aidait à garder ses repères.

Jennifer hocha la tête. C'était bien qu'ils aient trouvé quelque chose pour occuper les après-midi.

— Donne-moi tes bagages, je vais les porter jusqu'à ta chambre pendant que tu vas la voir.

— Merci, dit-elle, bien qu'elle ressentît la même anxiété à chaque fois qu'elle la retrouvait.

Kate prit son sac et courut jusqu'à la maison. Jennifer la suivit doucement, la gorge nouée en traversant l'entrée puis le couloir qui menait à la bibliothèque. Elle sentit alors une odeur de nourriture. Marie, leur gouvernante, était d'évidence en train de préparer son plat favori, des lasagnes. Mais la faim était la dernière des choses qui la préoccupaient.

Elle s'arrêta devant la porte de la bibliothèque, la main posée sur la poignée, et prit une longue inspiration pour se préparer à ce qui l'attendait.

Elle entra. La pièce était bien éclairée et le feu rougeoyait dans la cheminée. Sa mère lisait, assise dans son fauteuil préféré qui donnait sur le jardin.

— Maman ? dit-elle d'un ton hésitant.

Sa mère leva les yeux et posa son livre sur ses genoux en ôtant ses lunettes pour la regarder.

Et un sourire illumina son visage.

— Jennifer, tu es à la maison.

Et elle put enfin expirer. Aujourd'hui, sa mère la reconnaissait.

Va te faire voir Alzheimer !

Elle traversa la pièce pour la prendre dans ses bras, débordante d'émotion, et la serra fort.

— Jennifer, tu vas m'étouffer si tu continues !

— Désolée, maman, dit-elle en se reculant pour contempler son si beau visage. Tu m'as manqué.

Marcus décida de conduire lui-même jusqu'au pays de Galles, préférant être occupé à quelque chose et aussi être seul. Il n'aimait pas ce qu'il avait ressenti toute la semaine, pas plus que ce qu'il ressentait maintenant.

Il avait regardé Jennifer fuir vers la gare avec le sentiment d'avoir fait une terrible erreur. Mais cela n'avait aucun sens. Elle le voulait. Il la voulait. C'était gagnant-gagnant. Pourtant, la fulgurance avec laquelle la lumière qui éclairait son visage après son orgasme avait disparu l'avait ébranlé.

Était-il allé trop loin ? Pensait-elle réellement qu'il mettait leur compagnie en danger ? Était-ce son vrai problème ?

Il n'arrivait pas à y croire. Cela ne faisait pas sens.

Le panneau indiquant sa ville d'origine s'illumina sous la pluie à la lumière de ses phares. Son cœur sauta un battement et son ventre se serra à mesure que des souvenirs sombres l'envahissaient contre sa volonté.

Il regarda par la vitre les maisons mitoyennes en pierre qui n'avaient pas changé. La rue, l'épicerie du coin, sa première école où il avait attendu de nombreuses fois son père en vain contre les grilles, avant de rentrer seul, terrifié par l'obscurité.

Ses mains serrèrent plus fort le volant et il regarda droit devant lui. Il avait laissé cette vie-là derrière lui depuis bien longtemps… Et négligé ses grands-parents en le faisant.

Sa gorge se noua et il eut du mal à déglutir. Mais il était là maintenant. Et c'était ce qui comptait.

Il s'arrêta au feu et, malgré la pluie, il entendit le rire d'une jeune fille. Il tourna la tête et vit un couple sortir d'une maison. Le garçon enlaçait son amie par la taille, son sourire aussi heureux et léger que son rire à elle.

Et leur bonheur le contamina, l'enveloppant de sa chaleur et le faisant sourire. Ce n'était pas parce que cet endroit était synonyme de malheur pour lui qu'il l'était pour tout le monde. Le lieu n'avait jamais été le problème…

Pourtant, il n'avait fait que le fuir, alors que ce qu'il voulait fuir c'était lui-même. Mais il n'était pas son père et son père n'était plus là depuis longtemps.

Il cligna des yeux, bouleversé par cette prise de conscience. Le feu passa au vert, mais il ne bougea pas. Sa conversation avec Jennifer venait de le rattraper, et il se rappela ses paroles et sa compassion.

« Ne laisse rien t'empêcher de profiter du temps qu'il te reste avec tes grands-parents. »

Le soutien chaleureux qu'elle lui avait apporté ce matin-là lui rendit son courage. Comment faisait-elle cela ? Affronter la mort subite de son père et transformer cette épreuve en quelque chose de merveilleux, une carrière brillante et un avenir stable pour sa famille.

Elle n'était pas hantée par des ombres, et la peur ne dirigeait pas sa vie, contrairement à lui. La peur était la force qui l'avait guidée toute sa vie.

Un klaxon retentit derrière lui et il fit un appel de phares pour s'excuser avant de démarrer.

Pouvait-il encore changer ? Cela le rendrait-il heureux ? Était-il seulement capable d'être heureux ?

D'être satisfait, oui…

Mais heureux… ?

13

Jennifer courait sur le chemin de terre, son souffle projetant des bouffées de vapeur blanche dans l'air frais du matin.

Elle adorait être ici. Les champs, le grand air, la nature, même en automne quand les arbres perdaient leurs feuilles et que les fleurs mouraient, il y avait toujours une forme de sérénité. Surtout quand le ciel était aussi bleu qu'aujourd'hui.

C'était une journée parfaite pour un jogging, l'opportunité de tout oublier pendant un moment et d'être en paix avec elle-même. Sauf que ses pensées étaient tout sauf paisibles, enroulées autour d'un certain mâle et de sa proposition bien trop tentante.

Et même sa terreur de tomber amoureuse ne pouvait l'empêcher d'y réfléchir. Cela l'avait gardée éveillée jusqu'à l'aube et convaincue d'aller courir dès le petit matin pour tenter de mettre fin à son tourment.

Mais cela n'avait pas marché. Elle était rentrée à peine moins agitée, mais pas moins distraite. Frustrée, elle ôta ses baskets et les prit à la main pour franchir l'entrée de service qui donnait sur la cuisine. Et elle éprouva cette sensation familière du carrelage froid sous ses pieds.

Elle finissait de préparer du café quand Kate entra.

— J'espère que tu as couru pour deux ?

Jennifer regarda sa montre, il n'était même pas 8 heures. Et sa sœur ne se levait jamais aussi tôt, sauf les jours d'école.

— Tu vas bien ? demanda-t-elle d'un ton moqueur en se servant un café.

— Oui… Pourquoi ?

— Tu ne t'es pas encore couchée ?

— Ha, ha ! très drôle, sœurette. Tu vas continuer à me vanner ou tu comptes partager cette caféine ?

Jennifer rit et lui servit une tasse.

— Tu n'as pas cours. Pourquoi t'es-tu levée si tôt ?

Sa petite sœur détourna rapidement les yeux, et alla prendre du lait dans le frigidaire.

— Tu en veux ? dit-elle en évitant toujours son regard.

— Kate… réponds-moi.

— Ne te fâche pas, d'accord ?

Elle fronça les sourcils, ses doutes se transformant en crainte.

— Je t'écoute.

— Maman s'est mise à errer ces derniers temps, dit-elle avec une nonchalance forcée.

— À errer ? répéta-t-elle en sentant une boule dans sa gorge. Depuis combien de temps cela dure-t-il ?

— Quelques semaines, généralement tôt le matin,

et, quand je lui demande où elle va, elle dit qu'elle doit rejoindre papa pour l'aider au travail.

— Kate, pourquoi ne m'as-tu rien dit ?

— Parce que tu portes déjà tellement de choses et nous pouvons le gérer.

— Nous ?

— Moi, maman et les assistants de vie.

— Mais tes études ? Tu dois rentrer à l'université l'année prochaine.

— Ce n'est pas un problème, dit Kate en haussant les épaules. J'étudierai à la maison.

— Tu … quoi ?

— Détends-toi, Jen. Je peux faire ce que je veux.

— Mais tu ne peux pas vraiment vouloir étudier ici ! Tes notes sont exceptionnelles, tu es faite pour Oxford. Tu… Tu dois prendre ton envol, vivre la vie d'une jeune étudiante, travailler dur et t'amuser encore plus…

Son désespoir de faire entendre raison à sa sœur la faisait balbutier.

— Tu as le droit de faire ce que j'ai fait, reprit-elle.

— C'était différent pour toi… Maman était différente.

Sa sœur détourna le regard, sa détermination laissant place à de la tristesse.

— Je ne peux pas la laisser seule maintenant… Qui prendrait soin d'elle ?

Jennifer avait toujours su que ce jour arriverait. Elle aurait dû anticiper la réaction de Kate et l'empêcher de prendre cette décision. Mais les années lui avaient filé entre les doigts, et tout à coup sa cadette était devenue une adulte.

— Ce n'est pas ta responsabilité, tenta-t-elle de la persuader. Je lui trouverai d'autres aidants.

— Tu sais bien que ce n'est pas si simple. Chaque nouveau visage la perturbe un peu plus. Et être entourée par sa famille lui fait du bien.

Et leur famille se résumait à elles deux, personne d'autre.

— Alors je viendrai plus souvent.

— Comment feras-tu ?

— Je n'aurais jamais dû te laisser seule ici.

Apparemment, la culpabilité était son nouveau penchant. Quand ce n'était pas Tony, c'était sa famille qu'elle négligeait.

— Je suis désolée, c'est injuste que tu aies dû sacrifier ton enfance pour t'occuper de maman pendant que je réalisais mon rêve d'une carrière à Londres.

— Arrête ! s'exclama vivement Kate en faisant légèrement déborder son café. Ne t'excuse jamais plus auprès de moi. Tu as tout fait pour nous. Si tu ne t'étais pas consacrée à ta carrière, nous n'aurions plus rien. Nous n'aurions pas pu rester dans cette maison que maman connaît et adore. Et je n'aurais pas pu envisager de faire des études, ni d'avoir une voiture ou le permis. Bon sang, tu paies même notre nourriture.

— Je sais tout cela, ma chérie. Mais sérieusement, si tu ne vas pas à l'université, je ne me le pardonnerai jamais.

— Et moi, je ne pourrai pas me pardonner que tu sacrifies ta carrière pour moi.

— Je ne te parle pas de sacrifice.

Ce n'était pas le cas. Maintenant que Marcus était là, tout devenait possible. Cela ne semblait pas seulement faisable de quitter Londres plus souvent d'un point de vue professionnel, c'était aussi plus sain d'un point de vue personnel. S'il y avait plus de distance entre eux, peut-être que son corps cesserait de crever d'envie pour lui et qu'elle pourrait faire entendre raison à son cœur.

— Comment y arriverais-tu ? dit Kate d'un air peu convaincu.

— J'ai un nouvel associé.

Sa sœur fronça les sourcils.

— Ce n'était pas prévu, n'est-ce pas ?

— Pas vraiment, non.

— Comment se fait-il que tu n'en aies pas parlé hier soir ?

— C'est compliqué.

— Compliqué ? dit Kate en levant un sourcil curieux. Comment s'appelle-t-il ?

— Qui a dit que c'était un « il » ?

— Ta discrétion et la manière dont ta voix vient de changer, tes rougissements… Je dois continuer ?

Flûte.

— C'est aussi évident ?

— J'en ai peur.

— Il s'appelle Marcus.

— Oh ! Marcus, joli nom.

Elle fusilla sa sœur du regard, et Kate se redressa

aussitôt en faisant semblant de fermer sa bouche comme un zip.

Jennifer roula des yeux, et reprit.

— Il a déjà dirigé plusieurs entreprises avec succès, donc j'ai totalement confiance en lui pour tenir les rênes de la compagnie si je partage mon temps en deux entre ici et Londres.

— Ennuyeux ! Ennuyeux ! s'exclama Kate en mimant un bâillement. À quoi ressemble-t-il ? Il doit avoir quelque chose de spécial s'il est parvenu à retirer sa culotte à mon inaccessible grande sœur.

— Il ne fait rien avec ma culotte ! protesta-t-elle tandis que ses joues s'enflammaient devant son mensonge éhonté et son envie qu'il la lui retire encore au moins une centaine de fois. Et tu rates le plus important. L'arrivée de Marcus signifie que je pourrai venir plus souvent à la maison sans mettre la compagnie en danger.

— Mais cela signifierait aussi moins de temps près de ton nouvel associé sexy.

— Je n'ai jamais dit qu'il était sexy.

— Tu n'en as pas besoin.

— Si tu crois que me faire tourner en bourrique avec Marcus va détourner la conversation de toi, tu te mets le doigt dans l'œil. À l'université… Tu iras !

Kate lui lança un regard noir.

— Écoute, tu dois te décider maintenant et tu ne dois pas te tromper. Comme c'est moi qui paie, j'ai un droit parental. Et puis, tu ne vas pas partir avant une année, cela nous laisse tout le temps de nous organiser tranquillement.

Peut-être même de migrer au Nord pour de bon.

Kate soupira sans la contredire et entreprit de nettoyer le café qu'elle avait renversé. Jennifer commença à boire le sien sans rien dire, espérant que les prochains mots qui sortiraient de la bouche de sa sœur soient les bons.

— Je ne te donne pas un oui définitif, mais je vais y réfléchir, dit sa cadette.

— Tu aurais tout intérêt à en faire un oui définitif, sinon je reprends cette Mini Cooper que tu aimes tant, dit Jennifer en souriant.

— Tu ne ferais pas cela ?

Son sourire s'élargit. Cela l'amusait de taquiner sa sœur.

— Le ferais-je… ?

— Essaie pour voir ! dit Kate en faisant tourner en l'air le torchon sale tout en s'avançant vers elle.

— Pose ce truc dégoûtant ou la Cooper disparaît ! cria-t-elle.

— Oui, oui… C'est ça.

— Je ne plaisante pas.

— Je m'en fiche, répondit-elle en jetant le torchon dans l'évier avant de sortir, laissant Jennifer saine et sauve.

Elle partit prendre sa douche, l'esprit occupé par son projet de mettre une distance plus que nécessaire entre elle et Marcus.

Mais accepterait-il ?

Et cela serait-il suffisant ?

Finalement la plus longue des semaines n'avait rien à envier au week-end. Ces deux jours passés sans elle avaient fait découvrir à Marcus ce sentiment aigu que l'on ressent quand quelqu'un vous manque.

Il lui était redevable. Il avait passé deux jours à jouer au petit-fils parfait. Sa grand-mère n'avait pas cessé de le taquiner et son grand-père l'avait traîné au pub du coin. Et il s'était senti bien, vraiment bien. Comme si le poids du passé s'était subitement allégé.

Mais ce n'était pas suffisant pour expliquer pourquoi il se tenait sur le quai de la gare à attendre que le train de Jennifer arrive. Pas quand il aurait dû être derrière son bureau à rattraper du travail en souffrance.

Quand Anna lui avait dit que son train était retardé, qu'elle avait dû l'attendre plus d'une heure et semblait à bout de nerfs, il avait proposé d'aller la chercher par pure gentillesse. *Enfin…*

Ou juste un peu, mais il avait beaucoup d'autres raisons, dont certaines qu'il comprenait à peine. Il voulait la remercier et il avait envie de la voir, terriblement, ainsi que de connaître sa réponse avant de devenir fou.

Il espérait avoir imaginé son étrange expression quand elle l'avait quitté. Mais quand Anna lui avait dit qu'elle refusait qu'il vienne la chercher, il s'était mis à paniquer et avait été encore plus résolu à y aller.

Mais il n'était pas venu les mains vides. Elle s'était plainte de la qualité du café à bord auprès d'Anna et il savait déjà combien elle aimait son café. Et voilà qu'il se tenait sur le quai, une tasse dans chaque main, tentant d'apercevoir sa chevelure flamboyante dans la foule.

Il la repéra dès qu'elle descendit, une expression préoccupée sur le visage tandis qu'elle dépassait rapidement ceux qui l'entouraient. Elle le vit et fronça les sourcils.

Et mince, elle n'avait pas l'air ravie.

— J'avais dit à Anna que tu ne devais pas venir, lui dit-elle dès qu'il fut à portée de voix.

Il ne put s'empêcher de sourire. Sa personnalité combative ne cesserait jamais de le charmer.

— Et j'ai répondu à Anna que j'avais des raisons pour aller te chercher. Et tu ne peux pas me dire que tu n'es pas contente de voir cela.

Il lui tendit un café, et aperçut l'ombre d'un sourire quand elle le prit.

— Là, tu n'as pas tort.

Elle avait une voix fatiguée et, maintenant qu'elle était proche, il remarqua les poches sombres sous ses yeux.

— Tu vas bien ?

— Oui. Et j'irai encore mieux dès que la caféine aura fait son effet.

Il ne la crut pas. Mais tenter de lui tirer les vers du nez au milieu d'une foule pressée ne servirait à rien.

— Donne-moi ça, dit-il en se penchant vers sa valise.

— Je peux me débrouiller, dit-elle en la tirant en arrière.

— Ah oui, j'avais oublié. Les femmes modernes…

Elle éclata de rire et le son cristallin lui réchauffa le cœur. C'était bon de savoir qu'il arrivait toujours à la faire rire, alors que d'évidence quelque chose n'allait pas.

— Colin est juste à l'entrée. Nous y allons ?

— Si cela ne t'ennuie pas, j'aimerais bien marcher un peu. Après être restée coincée des heures dans ce train, j'ai besoin d'un peu d'air frais et de me dégourdir les jambes.

— Bien sûr, nous laisserons tes sacs à Colin en passant.

— Tu n'as pas besoin de venir avec m…

Il la fit taire d'un regard.

— Cela me fera du bien à moi aussi.

— Comme tu veux, répondit-elle d'un air agacé qui l'alarma encore plus.

Il regarda au loin et commença à marcher en tentant d'ignorer l'angoisse qui le prenait à la gorge.

Colin se redressa en les voyant approcher, souriant contrairement à son habitude.

— Ravi de vous revoir, mademoiselle Hayes. Puis-je vous débarrasser de vos bagages ?

Il se pencha et elle lui sourit chaleureusement en les lui tendant.

— Nous allons marcher un peu, lui dit Marcus. Je vous appellerai quand nous aurons terminé.

— Très bien, monsieur.

Marcus se tourna pour lui offrir son bras, comme

lors de leur première nuit, mais ses yeux lancèrent des éclairs. C'était stupide de sa part, ce n'était même pas un rendez-vous et ils n'étaient pas un couple. Alors, il transforma son geste en une invitation à le précéder et ils avancèrent tous les deux sans rien dire pendant un long moment.

— En fait, c'est très bien que tu sois venu, lui dit-elle en le regardant de biais. Nous allons pouvoir parler de ta proposition.

— Je n'en espérais pas tant, tant mieux.

— Ne t'énerve pas trop, la réponse est non.

— Non ? dit-il en acquiesçant d'un air préoccupé tout en essayant d'ignorer l'étrange sensation qui lui serrait les tripes. Je peux te demander pourquoi ?

Elle le regarda longtemps, puis détourna le regard en accélérant le pas.

— Ce n'est pas facile à expliquer.

— OK, tu peux quand même essayer ?

Elle le fixa à nouveau, mais cette fois il aperçut de la méfiance et de la peur dans son regard et elle n'essaya même pas de répondre.

— Je vais finir par me sentir complexé si tu ne dis rien.

— Toi, complexé ? dit-elle en roulant des yeux sans que sa tentative d'humour ne résonne dans sa voix. Si tu le dis.

— D'accord, c'est vrai que, vu le plaisir que nous prenons ensemble, ce ne peut pas être à cause du sexe.

Elle soupira et ses yeux étincelèrent tandis que

ses joues rosissaient. Il l'avait fait exprès, il voulait lui rappeler ce qu'ils avaient partagé.

— Non, ce n'est pas cela, dit-elle d'une voix légèrement rauque qui déclencha aussitôt son désir.

— Dans ce cas, je ne comprends vraiment pas, parce que tout ce que je veux, c'est cela.

— Au moins, tu es honnête, je ne peux pas t'enlever cela.

— Sois certaine que ce sera toujours le cas et si tu pouvais me rendre la pareille et éclairer ce mystère…

— Je n'ai pas assez de temps pour ce qui se passe entre nous.

— Quoi, le sexe ? Nous nous sommes bien débrouillés jusqu'à présent. Certes, ce n'était pas assez, mais nous pouvons améliorer cela.

— Non, pas le sexe.

— Alors, je n'y comprends définitivement plus rien.

Elle s'arrêta et plongea longuement son regard dans le sien. Et cette fois, une émotion indéfinie flottait dans ses yeux.

— C'est tout le reste, finit-elle par dire. Nous sommes des associés en affaires qui sont censés faire ce qui est le meilleur pour nos compagnies, pas pour nous-mêmes. Mais tu envahis toutes mes pensées, que nous soyons ensemble ou pas. Je ne peux même plus rester concentrée pendant une réunion si tu es dans la même pièce que moi.

— Je sais, c'est pareil pour moi. C'est précisément ce que je t'expliquais dans la voiture. Nier ce qui se passe entre nous ne fait que nous distraire encore plus. Pour moi, céder à notre attirance est un moyen de la garder sous contrôle et de pouvoir revenir dans le jeu.

Elle l'observa un moment, et son pouls saccadé, visible au creux de sa gorge, ainsi que ses mains agrippées à son café en disaient long.

— Ce n'est pas un jeu.

— D'accord, désolé, je ne voulais pas paraître désinvolte. Je voulais juste dire que cela nous permettrait de nous concentrer à nouveau.

— Et après ?

— Qu'est-ce que tu veux dire ?

— Quand tu en auras assez, que se passera-t-il ?

Il haussa les épaules d'un air confus.

— Nous verrons bien quand cela arrivera.

Elle secoua la tête en le regardant, un sourire amer affleurant sur ses lèvres.

— Si seulement la vie était aussi simple que tu sembles le croire.

— Mais cela peut être simple.

— Pas pour moi, dit-elle sans le regarder. C'est bien trop dangereux. Tu es bien trop dangereux. Et j'ai déjà assez de problèmes avec ma sœur qui va bientôt entrer à l'université alors que la santé de ma mère décline.

— Je suis navré de l'apprendre.

Elle ignora le réconfort que lui apportait son soutien et qui lui donnait bien trop envie de plonger son regard dans le sien et de s'y perdre.

Elle savait que cela anéantirait sa volonté et elle s'arrêta soudainement de marcher.

— Écoute, retournons à nos bureaux, nous avons déjà perdu bien assez de temps cette semaine.

— Mais nous n'avons pas fini de parler.

— Si ! dit-elle en faisant volte-face pour repartir dans l'autre sens sans l'attendre. Je n'ai pas le temps pour une relation.

— Mais je ne cherche pas une relation, dit-il en la rattrapant.

— Pardon, désolée, j'avais oublié, dit-elle avec un regard noir. Tu veux simplement que nous nous amusions tous les deux.

La manière dont elle l'avait dit lui embrouilla l'esprit et il sentit que quelque chose en lui frôlait le désespoir.

Est-ce qu'elle voulait plus ? C'était cela qu'il n'avait pas compris ?

Et si c'était le cas, était-ce réellement important ? Parce qu'il était certain que ce n'était pas ce qu'il voulait lui, n'est-ce pas ?

Elle continuait à marcher rapidement devant lui et, comprenant qu'il devait obtenir toute son attention, il jeta son café et accéléra pour lui couper la route. Puis il la prit par la main et l'entraîna dans une allée déserte pour la forcer à le regarder.

— Dis-moi que cela ne t'apporte pas de plaisir, dis-moi que tu ne me veux pas et j'arrêterai tout.

— Marcus !

La manière dont elle avait prononcé son nom, le souffle court et les yeux emplis de panique, fit surgir son désir. Et il fit un pas en avant, la forçant à reculer tandis qu'elle le dévisageait de ses grands yeux verts.

— Dis-moi que tu n'es pas prête à exploser.

Elle secoua la tête en tentant de le repousser de sa main libre.

— Marcus…

— Dis-moi que cela ne fait pas battre ton cœur à toute vitesse et perdre la raison, continua-t-il en prenant son menton dans sa main. Dis-moi que cela ne fait pas tout disparaître, les soucis, le stress, la souffrance.

Il sentit qu'elle s'était mise à trembler à son contact.

— Laisse-moi être ton calmant.

C'était ce que lui voulait, si fort que cela l'effrayait, et il baissa la tête pour mordre légèrement sa lèvre inférieure, les ramenant à leur attirance physique, au sexe, là où il se sentait à l'aise.

— Laisse-moi te faire perdre la tête, laisse-moi te rendre humide.

Elle hoqueta et s'enfonça dans l'abri d'un escalier de secours.

— Marcus, nous sommes dehors, des gens peuvent nous voir.

— Personne ne peut nous voir ici, dit-il contre ses lèvres écartées, sentant qu'elle était à deux doigts de s'abandonner. Et je ne peux pas attendre plus longtemps, j'ai besoin de le savoir… Tu as mouillé ta culotte pour moi ?

Elle secoua la tête en fermant les yeux.

— Menteuse.

— Je t'en prie, murmura-t-elle en plongeant ses yeux dans les siens.

Et il s'arrêta.

Elle le désirait, il pouvait le voir dans son regard brûlant et le sentir dans la main accrochée à sa chemise qui le tirait vers elle.

Bon sang, elle ne réalisait sans doute même pas qu'elle le faisait…

— Dis-moi que tu ne me veux pas, là, tout de suite, et j'arrêterai.

Son sexe en érection se pressait douloureusement contre elle, mais il arrêterait… Cela le tuerait sans doute, mais il le ferait.

— Je… Je…

Elle s'interrompit et secoua la tête comme si elle n'arrivait pas à croire ce que son esprit voulait lui faire dire.

— Je ne peux pas.

— Tu ne peux pas ? insista-t-il en sentant l'espoir surgir.

— Je te veux.

C'était réticent, incertain, mais c'était là. Cela suffit à anéantir sa retenue et il écrasa ses lèvres des siennes avec tous les instincts possessifs de son être.

Le goût du café et du gloss envahit ses papilles, lui faisant l'effet d'une drogue. Sa bouche céda à la passion de la sienne, et son soupir de ravissement s'engouffra en lui comme une musique tandis que son sang se transformait en lave. Puis il entendit le bruit de son gobelet de café tombant à terre et un liquide chaud traverser son pantalon, mais il s'en fichait.

— Marcus, gémit-elle en faisant glisser ses doigts dans ses cheveux tandis que son autre main s'agrippait à sa veste.

Leur baiser devint torride, leurs langues s'enroulant follement, s'explorant l'une l'autre avec une voracité incontrôlable. Et il sentit que son sexe était déjà prêt à exploser rien qu'avec cela. Puis elle enfouit son visage au creux de sa nuque.

— Je suis en train de perdre la tête.

— Non, tu ne l'es pas, pas encore.

Ses mains descendirent jusqu'à sa taille et défirent la ceinture de son trench-coat. Il chercha ses cuisses et remonta sa jupe brutalement, avide de pouvoir enfin la toucher. Puis il glissa une main entre ses jambes et sentit le tissu trempé de sa culotte.

— Merde, Jennifer.

Elle s'accrocha à ses épaules, son corps se cambrant pour lui faciliter l'accès et il s'introduit en elle. Elle était si chaude, si en demande qu'il n'hésita pas à enfoncer ses doigts avant de les ressortir pour stimuler son clitoris. Elle rua contre lui et le mordit pour s'empêcher de crier, apparemment toujours consciente d'où ils se trouvaient.

Il fit des cercles autour de son clitoris, d'abord doucement, adorant la manière dont elle ondulait sous ses caresses, puis de plus en plus vite et de plus en plus fort en se calant sur sa respiration. Elle était en train de monter, il pouvait le sentir à la manière dont son corps se raidissait tandis qu'il la serrait contre lui. Elle se basculait férocement contre lui, son orgasme l'entraînant, et il couvrit sa bouche de la sienne pour étouffer son cri, et même l'avaler, pendant que tout son corps tremblait contre le sien.

C'était fulgurant, bref et bouleversant. Et elle passa, sous ses yeux, d'un désir incontrôlable et torride à des regrets violents qui la laissèrent désorientée. Elle enfouit son visage dans sa nuque le temps que sa respiration s'apaise, puis remit ses vêtements en place sans le regarder.

Il aurait voulu dire quelque chose, quoi que ce soit, mais il se sentait totalement perdu, lui aussi.

— Nous n'aurions pas dû, dit-elle doucement.

Et il se souvint de ces mêmes mots dans la voiture.

— Arrête avec ça.

Elle le fusilla du regard, sa frustration s'évanouit et il se sentit écrasé par la culpabilité.

— Je suis désolé, j'avais besoin de me rappeler comment c'était… Comment cela pourrait encore être.

Elle soutint son regard avec une expression si misérable qu'il sentit son cœur se serrer.

— S'il te plaît, Marcus. Si tu tiens à moi d'une quelconque façon, promets-moi que cela n'arrivera plus.

Il la prit dans ses bras d'un geste qui se voulait doux et rassurant.

— Je ne te demande pas une relation.

— Tu ne comprends vraiment rien ! explosa-t-elle. Je ne peux pas continuer à faire l'amour avec toi sans en vouloir une.

Il eut l'impression que son ventre faisait un nœud. Elle voulait plus.

— Je vois que tu comprends maintenant, dit-elle en le dévisageant d'un regard dur. Donc, tu me le promets ?

Il la relâcha et passa une main tremblante dans ses cheveux tout en essayant de digérer ses paroles.

— Promis ? insista-t-elle.

— Très bien, je le promets.

Il était tellement troublé par son aveu qu'il avait à peine conscience des mots qui sortaient de sa bouche.

Elle s'éloigna de lui et il vit qu'elle avait recouvré son calme.

— Je pense qu'un peu de distance nous ferait du bien, dit-elle en regardant vers la grande rue. Avec la santé de ma mère qui décline, je vais avoir besoin d'être plus souvent là-bas.

— Dans le Yorkshire ? dit-il en fronçant les sourcils.

— Oui, répondit-elle d'un ton ferme toujours sans le regarder. Je dois ôter un peu de pression des épaules de ma sœur et m'assurer qu'elle continue ses études.

Il acquiesça lentement, mais ce sentiment qui lui retournait les tripes ne faisait qu'empirer. Il appelait cela s'amuser, juste du sexe, alors pourquoi son refus le perturbait autant ? Était-ce parce qu'elle voulait plus ? Ou plutôt parce qu'elle allait partir plus souvent ?

Seigneur, il n'en avait aucune idée…

— À quelle fréquence penses-tu t'absenter ?

— Je ne sais pas.

Elle haussa les épaules. Son calme commençait à l'agacer à mesure qu'il perdait le sien.

— Cinquante-cinquante, j'imagine.

Il hocha la tête, en assimilant ses paroles.

— Bien sûr, tu dois y aller si elles ont besoin de toi.

Et tout à coup, il eut l'impression d'être le dernier des salauds. Il n'arrêtait pas de la poursuivre alors qu'elle avait des problèmes bien plus importants à régler. Il aurait dû être soulagé que cela lui évite aussi de futures complications.

Alors pourquoi avait-il l'impression que son pire cauchemar était en train de se réaliser ?

Il posa une main sur sa tempe. Les montagnes russes que dévalaient son esprit commençaient à lui faire réellement peur.

— Allons-y, dit-il en s'obligeant à avancer vers la grande rue tandis qu'elle lui emboîtait le pas. Nous pourrons discuter d'une stratégie pour partager le travail entre nous sur le chemin du retour.

— Merci.

Il la regarda de biais, cherchant l'émotion qu'il avait vue sur son visage cinq minutes plus tôt, mais il n'y avait rien.

Elle méritait son admiration pour cela.

Et il était temps qu'il s'en inspire. Il allait faire ce qu'il aurait dû faire depuis des semaines, sortir avec quelqu'un d'autre, en espérant que cette distraction lui permettrait de tenir sa promesse et de la laisser en paix.

Il fallait qu'il arrête d'agir comme un chiot fou d'amour.

Amour ?

D'où pouvait bien lui venir une idée pareille ?

14

Deux semaines s'étaient écoulées depuis l'incident de l'allée, depuis que Marcus lui avait promis de la laisser tranquille et qu'elle lui avait avoué qu'elle avait envie de quelque chose de plus entre eux, ce qui l'avait totalement déstabilisé.

Et plus il mettait de distance entre eux, plus elle ressentait le besoin qu'il lui revienne et d'accepter le peu qu'il avait à offrir. Parce que la situation actuelle était insupportable.

La nouvelle manière dont il la traitait la rendait folle. Il communiquait avec elle par mail, même quand une simple conversation aurait été plus facile et rapide. Et quand elle l'obligeait à lui parler, il affrontait rarement son regard, particulièrement durant les réunions.

Cela n'avait rien d'impoli, c'était une relation de travail platonique… Exactement ce qu'elle lui avait demandé.

Et elle détestait cela.

Et puis, il y avait sa volonté de partager son temps en deux entre le travail et sa famille. C'était faisable, mais son inquiétude de lâcher du lest l'avait poussée à travailler jusqu'à être au bord de l'épuisement, convaincue que cela lui assurerait d'être toujours aux commandes. Car elle n'abandonnerait cela pour rien au monde… ni personne. Quant à ses sentiments, ils finiraient bien par passer avec le temps. Il le fallait.

Les coudes posés sur son bureau, elle se massa les tempes en essayant de contrôler son désarroi émotionnel. Elle avait du travail à terminer. L'heure de rentrer était passée depuis longtemps et elle était toujours en train de revoir des projections financières qu'elle aurait dû valider depuis des heures. Elle plissa les yeux devant les colonnes de chiffres, la lampe de son bureau et son écran étant les deux seules sources de lumière depuis que celles de l'étage déserté s'étaient éteintes.

Une demi-heure plus tard, elle était en train de relire son rapport quand une lumière s'alluma dans le couloir.

Elle sentit les battements de son cœur s'accélérer et elle leva les yeux.

Qui pouvait bien encore être là à cette heure ?

Marcus…

Son corps s'électrisa en l'apercevant. Quels que soient ses efforts pour passer à autre chose, rien n'y faisait. L'impression d'avoir été ignorée depuis quinze jours n'avait fait que tout rendre encore plus intense.

Allait-il l'ignorer quand il comprendrait qu'elle était toujours là ? Et qu'il n'y avait personne d'autre dans les bureaux ? Mais à sa grande surprise, il se dirigea directement vers elle.

Donc, il ne comptait définitivement pas l'ignorer.

Elle se leva doucement en cherchant quelque chose à lui dire. Elle marcha jusqu'à sa porte, qu'elle atteignit en même temps que lui. Et ses yeux la transpercèrent, des étincelles de colère brillant dans ses pupilles malgré leur noirceur.

Que se passait-il ?

— Salut, dit-elle en ouvrant lentement la porte.

— Salut, marmonna-t-il avant que ses lèvres redeviennent deux lignes minces.

— Qu'est-ce que tu fais encore ici ?

— J'allais te poser la même question.

— J'ai encore beaucoup à faire, répondit-elle en se recoiffant d'une main.

— Je vois cela, dit-il en fixant son bureau couvert de documents et de nombreuses tasses de café. Tu sais que ce n'est pas bon de travailler aussi tard.

— Que veux-tu, je suis un bourreau de travail.

— Comme si je l'ignorais, dit-il d'un air las avant de la regarder en fronçant les sourcils. Mais cela fait deux semaines que cela dure, tu ne peux pas continuer comme ça.

— J'ai des choses à faire.

— Ces choses peuvent attendre demain.

— Pas celles-là.

— Bon sang, Jennifer, pourquoi cet acharnement ? Tu ne peux pas toujours travailler autant.

Il s'inquiétait pour sa santé, c'était évident. Et cela lui fit du bien et la réchauffa presque autant que ce désir qui lui manquait. Elle aimait qu'il se soucie d'elle, que cela soit raisonnable ou pas.

— J'en ai bien plus l'habitude que tu ne le penses, lui dit-elle avec un petit sourire.

— Mais tu as déjà rendu ton père fier de toi. Tu n'as pas besoin de continuer avec autant de…

— Cela n'a rien à voir avec mon père, avoua-t-elle sans réfléchir.

Et une sensation étrange et douce se fraya un chemin jusqu'à son cœur. Il l'écoutait, il l'écoutait vraiment.

— Alors de quoi s'agit-il ?

Il s'appuya contre le cadre de la porte, fronçant toujours les sourcils, sa proximité et le parfum de son eau de toilette dominant ses sens. Et tout à coup, elle eut l'impression de ne pas être à la hauteur. Ses cheveux s'échappaient de son chignon, et sa jupe était froissée du fait qu'elle était restée assise toute la journée. Et voilà qu'il lui demandait pourquoi elle agissait ainsi.

Pourquoi ? À cause de toi ! eut-elle envie de crier. *Parce que tu ne peux pas me donner plus.*

— Dis-moi, insista-t-il en se rapprochant dangereusement. Je m'inquiète parce que tu as l'air de croire que tu abandonnes tes responsabilités en part…

— Je ne pars pas ! l'interrompit-elle brusquement. Je serai tout aussi présente à mon bureau dans le Nord.

— Pardon, dit-il en levant les mains en un geste

de défense. Je voulais dire en partageant ton temps entre ici et le Yorkshire.

Elle croisa les bras sur sa poitrine, n'aimant pas la tournure que prenait leur conversation.

— C'est faisable, dit-elle.

— Absolument, ça l'est. Mais j'ai peur que tu aies du mal à y croire toi-même.

— J'y crois sans problème, répondit-elle en secouant la tête, sentant des mèches de cheveux retomber sur son visage.

Elle le vit faire un geste vers son front, et se recula.

— Désolé, dit-il en baissant la tête, son stress commençant à envahir la pièce.

Devait-elle lui dire quelque chose, comme : « Tout va bien » ? Mais ce n'était pas le cas.

Il laissa échapper un long soupir et leva les yeux vers elle.

— Alors, c'est à cause de moi ?

Elle se figea et ses joues rosirent devant cette déduction bien trop juste.

— J'ai toujours travaillé dur.

— Je le sais, dit-il avec un regard honnête et inquiet qui la transperça. Mais j'ai l'impression que c'est différent cette fois et que, d'une manière ou d'une autre, c'est ma faute.

— Ne te flatte pas trop, Marcus. Je travaille parce que je le veux, c'est tout. Et plus vite tu seras parti, plus vite je pourrai terminer et rentrer chez moi.

— Est-ce que tu as mangé au moins ?

Elle rougit. Elle savait qu'elle ne faisait pas assez

attention à elle, et qu'il le lui fasse remarquer la gêna encore plus.

— Je prendrai quelque chose sur la route. Et toi ? Tu sembles habillé pour sortir ?

— J'ai rendez-vous avec un vieil ami, dit-il d'un ton hésitant.

« Vieil ami » ressemblait à un code pour « ex-amie ».

Cela la démangeait de le lui demander et elle se détesta pour cela.

— Alors, je ne voudrais pas te retenir.

Il s'avança, posa sa main sur son bras et, quand la chaleur de son corps traversa le tissu de sa robe, elle retint son souffle et battit des cils en le dévisageant.

— Promets-moi de partir bientôt, dit-il doucement.

Elle avait eu l'impression ridicule qu'il allait la prendre dans ses bras et l'embrasser, mais certainement pas lui faire un commentaire protecteur. La déception lui serra la gorge et s'entendit quand elle reprit la parole.

— Je partirai quand je serai prête.

Elle se recula et retourna à son bureau. L'absence de mouvement dans son dos lui indiqua qu'il hésitait, aussi prit-elle le premier document qu'elle trouva pour faire semblant de se concentrer dessus.

— Comme tu veux, finit-il par répondre d'un ton troublé. Dans ce cas, nous nous verrons demain matin.

— Hum, dit-elle les yeux rivés sur la page aux lignes floues, toute son attention fixée sur les bruits qu'il faisait.

Elle l'écouta s'éloigner, n'osant pas se retourner, refusant de le regarder partir, de peur que les larmes qu'elle essayait de retenir se mettent à couler.

Pourquoi, grand Dieu, faisait-il cela ?

Juste en face de lui, son ex, Zara, discutait du menu avec le serveur. Sa grossesse la rendait particulièrement prudente dans ses choix, et il utilisa ce temps pour se maudire d'avoir lancé cette invitation stupide.

Il n'aurait jamais dû repasser au bureau, ni demander à Colin de s'y arrêter sur le chemin du restaurant. Mais il n'avait pas pu s'en empêcher.

Pourtant, il avait respecté tout ce qu'elle lui avait demandé, et contenu toutes ses envies urgentes de la voir pour être certain de ne pas rompre sa promesse. Même si cela faisait mal… Même s'il avait l'impression de faire une terrible erreur.

Mais ce soir, il avait ressenti le besoin de vérifier qu'elle était rentrée se reposer. Elle perdait du poids, ses yeux restaient cernés en permanence et il ne le supportait pas. Alors, quand il avait vu que son bureau était allumé, il avait voulu la convaincre de rentrer chez elle.

Mais il n'y avait plus qu'eux dans les bureaux désertés, et sa retenue avait dangereusement chancelé. Et au lieu de faire ce qu'il avait prévu, il l'avait exaspérée. *Abruti.*

— Que puis-je vous servir, monsieur ?

Le serveur le regardait et il fixa le menu d'un air perdu, avant de commander son plat habituel.

L'idée de manger, alors que Jennifer n'en prenait même pas le temps, l'insupportait. Il devrait envoyer Colin lui apporter quelque chose ; au moins il serait sûr qu'elle se nourrirait.

Zara lui sourit et son visage s'illumina. La grossesse lui allait bien.

— Alors, à quoi dois-je cette agréable surprise ?

Dieu, il l'ignorait. Il pouvait difficilement lui avouer qu'il avait besoin de sortir, mais qu'il n'aimait pas se soûler avec d'autres hommes et qu'il ne pouvait pas avoir de rendez-vous galant. Plus maintenant.

— J'avais un peu de temps.

Elle rit et ses yeux bleus étincelèrent.

— Toi, du temps ? J'ai du mal à y croire.

Il sourit. Elle le connaissait bien.

— Tu as l'air en pleine forme.

— Tu es en train de changer de sujet ?

— Peut-être.

Son sourire s'agrandit et elle posa une main sur son ventre.

— Oui, je vais bien. Je n'aurais jamais cru être du type maternel. C'est drôle à quel point l'amour peut vous transformer.

L'amour… Encore ce mot.

— J'en suis heureux. Tu as toujours été trop bien pour moi.

— Non, pas du tout.

— Non ?

Il ne la crut pas, pas une seconde. Mais il n'était plus le même homme qu'à l'époque. Il le sentait. Son inquiétude pour Jennifer lui avait fait comprendre cela.

Maudite Jennifer… qui n'avait rien mangé.

— Donne-moi un instant, dit-il à Zara.

Il prit son téléphone et envoya un texto à Colin.

Vérifiez si elle est toujours au bureau. Si c'est le cas, apportez-lui de quoi dîner. À vous elle ne dira pas non.

Elle allait le tuer, mais il s'en fichait.

Il reposa son portable, et fixa Zara avec un regard neuf. Elle était belle, elle était intelligente et ils s'entendaient à merveille. Alors pourquoi ne l'avait-elle pas déstabilisé de la même manière que Jennifer ?

— Pourquoi cela n'a pas marché entre nous ? demanda-t-il.

Les yeux de Zara s'agrandirent et il se dit qu'il ne pouvait pas lui en vouloir. Il n'avait jamais de conversation personnelle, pas avant Jennifer.

— Pardon ? Tu veux dire, à part le fait que tu m'as toujours répété que tu ne voulais rien de sérieux ?

— À part cela, oui.

— Tu veux la vérité ?

— Oui, toute l'horrible vérité.

— Je n'ai jamais eu l'impression que tu étais complètement avec moi, dit-elle tandis que son regard se perdait dans ses souvenirs. Ton esprit était toujours fixé sur ton prochain grand projet, ta nouvelle acquisition, ton prochain quoi que ce soit. Tu étais incapable de vivre au présent et je ne pouvais pas lutter contre cela.

Il prit le temps de digérer ses paroles, les comparant à ce qu'il ressentait pour Jennifer, la manière dont il se souvenait de chaque instant avec elle, celle dont elle occupait son esprit, qu'ils soient ensemble ou pas.

— C'est beaucoup plus facile de supporter que tu sois tout le temps distrait quand nous ne sommes plus que des amis.

Son téléphone vibra en recevant la réponse de Colin. Il était sur le coup.

— Voilà, comme maintenant par exemple, dit-elle en faisant un signe vers son téléphone, encore un grand projet ?

Il la regarda dans les yeux, sa réponse restant coincée dans sa gorge, et elle fronça les sourcils.

— Ce n'est pas le cas ?

Il secoua la tête.

— Très bien, alors…

Elle s'interrompit et sourit largement en comprenant.

— Quelqu'un est parvenu à briser les défenses du grand Marcus Wright ?

Briser ?

Ce n'était pas une mauvaise façon de le dire. Il se sentait réellement comme si quelqu'un l'avait mis en pièces et avait recollé les morceaux à l'envers.

— Peut-être bien…

— Alors là, je veux tous les détails, dit Zara en s'adossant confortablement dans son siège.

— Pourquoi ai-je l'impression que tu vas prendre un plaisir vengeur à m'écouter.

— Pas du tout, Marcus, dit-elle doucement. Il est grand temps que tu comprennes que tout le monde a droit à une part de bonheur, même toi.

Quand la lumière du couloir s'alluma à nouveau, le cœur de Jennifer sauta un battement. Puis, quand elle vit Colin s'avancer vers elle, un sac de nourriture à emporter à la main, son estomac fit une danse curieuse entre plaisir et déception.

Marcus lui avait fait livrer son dîner. Il tenait assez à elle pour vouloir être sûr qu'elle mangerait. Elle fit un signe à Colin et lui ouvrit la porte.

— De la part de M. Wright, dit-il en posant le sac sur son bureau.

— Vous n'auriez pas dû vous donner autant de mal.

Puis elle ouvrit le sac et l'odeur de la cuisine chinoise parvint jusqu'à ses narines et son ventre gronda d'excitation.

— C'est un assortiment. Avec un peu de chance, vous trouverez quelque chose à votre goût, dit-il en se dandinant curieusement. Je vous aurais bien demandé avant, mais…

— Vous saviez que je refuserais.

— Quelque chose comme cela.

— C'est exactement ce dont j'avais besoin, répondit-elle en lui faisant un sourire rassurant. Merci.

Elle s'attendait à ce qu'il reparte, mais il continuait à sembler gêné.

— Il y a quelque chose d'autre ?

— Je suis censé m'assurer que vous mangez, et ensuite je dois vous raccompagner chez vous.

Sérieusement ? Un foutu chaperon ?

Mais cela ne servirait à rien d'argumenter avec Colin. De plus, Marcus avait raison. Elle avait besoin de manger et de rentrer se reposer. Cela aurait juste été plus facile à accepter si elle ne savait pas que, quand son esprit n'était plus occupé, il revenait immédiatement vers lui.

Il était tard et Marcus souhaita une bonne nuit à Zara. Cette soirée lui avait fait du bien. Et elle aussi semblait avoir eu besoin de le voir obnubilé par une autre pour clore définitivement leur histoire.

Jennifer l'obsédait, complètement, sans qu'il n'y puisse rien. Et quel que soit le regard qu'il portait sur leur relation, il devait admettre qu'il était en train de tomber amoureux.

Seigneur, c'était même déjà fait…

Comprendre qu'il était capable d'amour, accepter qu'il soit trop tard pour qu'il se protège était une chose. Mais c'en était une autre que de savoir quoi faire de tout cela.

Dès le départ, il n'avait pas eu la moindre chance. À l'instant où elle était apparue, son monde avait changé. Et lui aussi. Elle lui avait ouvert les yeux sur ce que sa vie pourrait devenir s'il laissait son passé derrière lui.

Mais il avait encore peur. Peur de ce qui pourrait se passer s'il laissait ces sentiments s'enraciner, de tout risquer en le lui avouant et en lui demandant de lui donner une chance. Et une question le tourmentait : et s'il la perdait ? Cette idée le faisait suffoquer. D'accord, il s'était libéré de son passé, mais celui-ci l'avait quand même modelé et avait gravé au fond de son cœur que l'amour pouvait vous être arraché à tout moment.

Comment fallait-il faire pour le désapprendre ?

15

Non, non, non, non, non !

Jennifer fixa le fil d'actualité sur son portable. Son attention était tellement focalisée sur les nouvelles qu'elle en oublia son toast et son café, ses cheveux tout juste lavés qui gouttaient sur les rapports qu'elle avait rapportés chez elle après son dîner chinois impromptu de la veille.

Malgré leurs efforts, leur concurrent américain avait réussi à lancer son produit avant eux.

Marcus allait être furieux. Elle l'était. Avait-elle pris la bonne décision ? Merde, allait-il la tenir pour responsable ?

Elle abandonna son petit déjeuner, courut jusqu'à sa chambre, enfila un pantalon et un col roulé, tressa ses cheveux et mit un peu de gloss. Elle n'avait pas le temps de faire plus. Puis elle s'empara de son portable en dévalant l'escalier et envoya un texto à Marcus.

Urgence au travail. Nous devons parler asap.

Il était 6 heures. Il était certainement levé, n'est-ce pas ?

S'il n'avait toujours pas répondu quand elle arriverait au bureau, elle l'appellerait. Ils pouvaient encore rattraper le coup, elle le savait. Elle avait juste besoin qu'il le sache, lui aussi.

Quand elle arriva, le hall était désert en dehors de l'agent de sécurité. Elle le salua et prit l'ascenseur jusqu'à son étage. Elle savait que quelqu'un était déjà là car elle avait vu des lumières depuis l'extérieur.

Cela devait être lui. Qui d'autre aurait pu être là si tôt ?

Et comme à chaque fois, son pouls s'accéléra et son souffle se raccourcit.

Ce ne sera pas toujours aussi difficile, il le faudra bien…

Elle regarda vers son bureau en sortant de l'ascenseur : les lumières étaient bien allumées derrière les stores.

Définitivement, c'était lui.

Son estomac fit une pirouette qu'elle ignora, et elle se rendit directement dans son propre bureau pour y déposer ses affaires avant de repartir vers le sien. Elle frappa légèrement à sa porte et entra sans attendre.

— Marc…

Le souvenir du reste de son prénom disparut de son esprit en même temps que ses jambes se figeaient, et elle sentit un brasier s'enflammer dans son ventre. Il se tenait devant la porte ouverte de la salle de bains, ses fesses à peine cachées par une minuscule serviette nouée bas sur la taille.

Il commença à se tourner et elle fit volte-face sur ses talons en rougissant.

— Je suis désolée.

— Hé, ce n'est pas grave, dit-il d'une voix rauque qui affola son corps. Je pense que tu m'as assez vu pour ne pas te sentir embarrassée.

— Désolée, j'aurais dû frapper plus fort, j'aurais dû attendre. Je n'aurais pas… Je ne m'attendais pas… Enfin, je ne pensais pas que tu serais aussi… nu, bredouilla-t-elle, toujours debout devant sa porte, incapable de savoir ce qu'elle devait faire.

— Et moi, je ne m'attendais pas à ce que quelqu'un d'autre que moi soit là aussi tôt.

Elle se mordit la lèvre inférieure en l'entendant bouger dans son dos, essayant de contrôler son envie de le regarder.

Juste un coup d'œil.

— Bien qu'après avoir lu les nouvelles ce matin, j'aurais dû m'attendre à ce que tu viennes au bureau.

Pour toute réponse, elle émit un son inaudible qui ressemblait à un couinement.

Elle devait le laisser s'habiller ; leur conversation pouvait attendre jusque-là.

— Je vais juste…

— Tu as lu ce que la presse en dit ?

Le sujet et le ton de voix de Marcus lui permirent de recouvrer ses esprits.

— Pas encore.

— Viens voir.

Le regard de Jennifer hésitait entre lui et le couloir, sans vraiment faire le focus sur aucun des deux. Il fallait vraiment qu'elle se contrôle. C'était elle qui avait décrété qu'ils ne coucheraient plus ensemble mais, bon sang, elle ne s'attendait pas à le revoir à demi nu… encore une fois.

Alors elle se força à se tourner vers son bureau où il se tenait penché, une main sur son trackpad, l'autre pointant quelque chose sur l'écran de son ordinateur portable.

Elle fixa son regard sur ce qu'il lui montrait, faisant de son mieux pour ignorer l'odeur masculine de son gel douche et la chaleur qui irradiait encore de sa peau. Puis elle lut. Mais les mots ne rentraient pas. Elle ne parvenait pas à se concentrer, son esprit devenant confus tant il était proche.

Il se redressa en soupirant et elle aperçut son torse. Le désir lui noua alors la gorge si fort qu'elle crut étouffer. Il était à peine à un bras de distance.

Pourquoi ne pouvait-elle pas simplement céder ?

Puis cette douleur lui serra le cœur. *Il ne peut pas te rendre ton amour.* Et à cette pensée, elle eut l'impression que ses jambes allaient flancher.

L'amour ? C'était cela qui la dépossédait d'elle-même ?

— Qu'est-ce que tu en penses ?

— Pense ?

Reprends-toi, Jennifer.

Elle déglutit et il toussa. Elle lui jeta un regard et vit que tous ses muscles étaient en tension, que son regard brûlait et elle sut qu'il la désirait.

Mais il ne veut rien de plus.

Et cette pensée l'aida à se reprendre.

— J'ai quelques idées.

— Des idées ?

— Oui, dit-elle en se redressant pour lui faire face. Habille-toi et rejoins-moi dans mon bureau.

Il passa une main dans ses cheveux pour repousser ses boucles humides et elle manqua de craquer.

— À moins que tu ne préfères rester à moitié nu ?

— Si cela peut te faire plaisir, répondit-il avec un sourire de voyou.

— Marcus.

Elle tourna les talons en levant les bras en signe d'exaspération, sa frustration sexuelle et sa volonté chancelante la poussant à fuir.

— Dans mon bureau ! Quand tu auras pris la peine de t'habiller.

Cela l'aurait fait rire s'il ne s'était pas donné autant de mal pour paraître détendu.

Mais la voir, sachant désormais ce qu'elle ressentait, rendait chaque sensation encore plus intense. Quand il l'avait entendue prononcer son nom, son cœur s'était gonflé d'une telle émotion qu'il avait cessé de respirer. Puis il l'avait vue, ses yeux dévorant chaque centimètre de son corps, et il avait eu de la chance que sa serviette reste en place.

Il était parvenu à ne pas bondir vers elle pour effacer d'un baiser son air choqué. Le soupçon de gloss, pour tout maquillage, qui faisait briller ses lèvres sur son visage innocent semblait pourtant le supplier de le faire. Et si quelqu'un lui avait dit qu'un jour il trouverait qu'une femme en pantalon et col roulé était sexy, il lui aurait ri au nez.

Il retourna dans la salle de bains et aspergea son visage d'eau glacée pour envoyer un message d'apaisement au brasier qui lui brûlait les tripes.

Le problème était que, si ce n'avait été que du désir, il aurait su le dominer. Il en était certain. Mais désormais, c'était bien plus que du désir. Et la voir en étant conscient de ce besoin le rendait vulnérable et il ne savait plus ni quoi penser ni quoi faire.

Il avait à peine dormi la nuit précédente, se battant contre toutes ses émotions en se sentant au bord du précipice. Et il ne pouvait pas continuer comme cela. Il devait trouver un moyen d'aborder la question avec elle sans la faire fuir avec ses hésitations.

Il se sécha et s'habilla rapidement en se préparant à l'urgence qu'ils devaient affronter, le lancement du produit de leur concurrent. Ils devaient d'abord s'occuper de cela. Ensuite, il tenterait de comprendre ce qui leur arrivait.

Il la trouva à son bureau en train d'écrire comme une forcenée sur son calepin. La Jennifer professionnelle qu'il avait appris à connaître était en pleine action. Il lui accordait plus de respect qu'à quiconque et son esprit fonctionnait à une vitesse inégalable, saisissant les problèmes encore plus rapidement que lui. Et cela, c'était une première.

— Je vois que tu as réellement des idées.

Elle leva sur lui des yeux brillants d'excitation.

— Oh que oui, regarde ça !

Elle lui fit signe de la rejoindre en se serrant contre son bureau pour qu'il puisse se tenir derrière et voir ce sur quoi elle travaillait.

— Je pense que notre produit est le meilleur. J'ai décortiqué leur offre et la nôtre est dix fois au-dessus.

— Très bien, dit-il en enfonçant les mains dans ses poches autant qu'il le pouvait.

— Je t'avais dit que c'était une bonne idée de combiner les qualités de nos deux projets !

Elle lui faisait la leçon et pourtant il ne ressentait que de la fierté. Et l'envie urgente de la prendre dans ses bras pour le lui dire.

— Donc, j'ai estimé que la meilleure solution était de dérouler le tapis rouge en invitant tout le gratin pour lancer notre produit et de le faire maintenant.

— Maintenant ?

— Eh bien, pas littéralement, mais dans une ou deux semaines, pendant que le fer est encore chaud. Je pense pouvoir jouer de mes relations afin que quelques grands pontes du secteur soient présents, ainsi qu'une foule de journalistes. Et avec cela, nous enterrerons les nouvelles de ce matin.

Il éclata de rire.

— Rappelle-moi de ne jamais te contrarier.

Elle lui sourit avec une expression indéchiffrable.

— Notre produit est meilleur et il mérite d'être présenté comme tel.

— Aucune objection.

Son regard revint sur son calepin et elle fit descendre son index le long d'une liste.

— Voici mes premières propositions pour les invités, le lieu, le thème, le traiteur et…

La sonnerie de son téléphone les interrompit, mais il mit du temps à le remarquer tant il était perdu en elle et dans ce qu'elle disait.

— Tu ne veux pas répondre ?

Son intervention le ramena à la réalité. Bien sûr qu'il voulait répondre, un coup de fil à une telle heure était forcément important. Il regarda l'écran de son portable. *Mamie.* Et un frisson glacé remonta le long de sa colonne.

— Qui est-ce ?

Il sentit l'inquiétude dans sa voix. Elle avait vraiment un instinct incroyable.

— C'est ma grand-mère.

Sauf si c'est encore papi…

Il savait qu'il devait décrocher, mais ses doigts restaient figés sur le clavier. S'il ne répondait pas, quelle que soit la nouvelle, elle ne serait pas vraiment réelle…

Arrête, tu es ridicule !

Jennifer se leva et posa une main sur son bras.

— Tu veux que je sorte ?

La chaleur de son contact se diffusa jusqu'à sa main, et ses doigts redevinrent vivants.

— Non.

Elle hocha la tête et il prit l'appel.

— Mamie ?

— Marcus.

— Grand-père ? dit-il d'une voix étrange qu'il ne reconnut pas lui-même.

— Elle a été transportée en urgence à…

Son grand-père ne parvint pas à continuer et il eut l'impression qu'on venait de lui passer une corde autour du cou et que quelqu'un tirait dessus pour lui extirper son dernier souffle.

Il avait besoin de parler, mais les mots ne venaient pas. Alors il ferma les yeux un instant et chercha Jennifer en les rouvrant. Elle était là, les yeux brillants d'une émotion qui reflétait la sienne.

Il brûlait de la prendre dans ses bras, mais il n'osa pas. Et ce fut elle qui le fit et qui l'enlaça en posant sa tête contre son torse. Et il recommença à respirer.

Il aurait voulu la remercier… Mais au lieu de cela, son bras libre la serra contre lui pour prendre la force qu'elle lui offrait, le réconfort, l'amour… *Si seulement.*

— Désolé, fils, dit son grand-père en toussant.

— Tout va bien, papi. Dis-moi ce qui s'est passé.

Il l'entendit reprendre difficilement sa respiration, puis son grand-père commença à marmonner des propos décousus sur une nouvelle attaque, la nécessité de soins intensifs et le diagnostic pessimiste des médecins…

Tout lui arrivait dans une sorte de flou, mais il savait qu'il devait réagir et qu'il devait l'aider tout de suite.

— Très bien. Écoute, papi.

Les mots lui vinrent naturellement et il se sentit soulagé. Il voulait le rassurer quelle que soit la détresse qu'il ressentait lui-même. Son grand-père avait besoin de sa force.

— Je peux être là dans quelques heures. Je vais regarder les vols et sinon je viendrai en voiture. D'une manière ou d'une autre, je serai là avant le déjeuner.

Il entendit un long soupir à l'autre bout de la ligne.

— Merci, fils.

Marcus raccrocha et soupira longuement quand Jennifer se serra contre lui.

— À quel point est-ce grave ? dit-elle doucement.

— Elle est en soins intensifs, répondit-il en sentant sa gorge se nouer. Elle a refait une attaque.

— Je suis désolée, Marcus.

Elle leva la tête pour le regarder et il y avait tellement de compassion dans son regard qu'il aurait presque – *presque* — pu croire qu'elle l'aimait, elle aussi. Il scruta son visage, désespéré de le lui demander et de le lui avouer.

— Vas-y, lui dit-elle. Je vais finaliser le lancement. Nous sommes déjà d'accord sur les grandes lignes.

Il hocha la tête. Il savait qu'elle avait raison, mais il avait l'impression d'être enchaîné au sol, enchaîné à elle.

— Et si tu ne reviens pas à temps pour m'aider, tu n'auras qu'à te présenter pour les festivités et faire ce que tu fais le mieux, parler aux invités.

— Parler ? répéta-t-il avec un sourire ironique. Je ne suis donc bon qu'à cela ?

— Peut-être, le provoqua-t-elle gentiment.

Bon sang, il aurait voulu la garder dans ses bras,

l'emmener. Et une étrange sensation l'envahit, l'idée que rien ne pourrait lui faire vraiment mal tant qu'elle resterait à ses côtés.

— Allez, Marcus, va soutenir ta famille, dit-elle en se reculant un instant avant de l'enlacer à nouveau. Et tu sais que je serai là pour toi si tu en as besoin.

Elle déposa un baiser sur sa joue et le monde se figea tandis que l'amour qu'il ressentait pour elle faisait naître dans son cœur une chaleur qui l'enveloppa complètement.

Puis elle brisa leur étreinte et son visage redevint impassible quand elle croisa les bras sur sa poitrine.

— Appelle-moi pour me dire que tu es bien arrivé.

— Je le ferai.

Il dut rassembler toutes ses forces pour ne pas la reprendre dans ses bras et transformer son baiser en quelque chose de plus torride. Mais ce moment était si parfait, si spécial, qu'il ne voulait pas prendre le risque de le gâcher.

Il rangea son portable dans sa poche et marcha vers la porte, se retournant un instant pour la regarder une dernière fois.

— Merci.

Et quand il partit, cette impression de froid le reprit, s'intensifiant à mesure qu'il s'éloignait d'elle.

Jennifer le regarda partir, le ventre serré, tandis qu'elle luttait contre son envie de le suivre.

Il avait besoin d'elle, elle l'avait senti. Elle ne savait pas ce que cela signifiait, mais elle avait entendu son appel. Et cela persistait. C'était plus émotionnel que physique et, s'il lui avait demandé de l'accompagner, elle savait sans l'ombre d'un doute qu'elle aurait dit oui.

Mais il ne l'avait pas fait et elle ne l'avait pas vraiment espéré. Alors, elle l'aiderait en faisant ce qu'elle savait le mieux faire : diriger leur compagnie en s'assurant que rien ne le perturberait. Elle prendrait ses appels et organiserait le meilleur lancement de produit qu'il ait jamais vu, même si elle devait se passer de sommeil.

Elle savait qu'elle n'était pas complètement désintéressée et que cela lui profiterait aussi, parce qu'être occupée et réveillée signifiait ne pas avoir à penser au chaos qui dévastait son cœur. Et, quoi qu'elle ait cru voir en lui aujourd'hui, cela ne changeait rien à ce qu'il lui avait dit avant.

Elle était passée si près de lui dire « Je t'aime ». Elle l'avait senti au bout de sa langue tandis qu'elle se noyait dans son regard inquiet. La seule chose qui l'avait arrêtée était le souvenir de son air horrifié quand elle lui avait avoué dans l'allée qu'elle voulait plus qu'une simple relation physique.

Mais pendant un bref instant, elle avait cru qu'il le ressentait aussi et que quelque chose entre eux avait changé.

Était-elle folle de l'espérer ?

Et quand une angoisse sourde lui serra l'estomac, elle se remit au travail.

Concentre-toi sur quelque chose que tu sais faire, quelque chose que tu peux contrôler… Quelque chose qui ne te fait pas souffrir sans que tu puisses l'arrêter.

16

Quand Marcus s'était glissé dans le lit, ce soir-là, complètement épuisé, il s'attendait à s'endormir immédiatement. Pourtant, il aurait dû le savoir : à l'instant où il avait posé sa tête sur l'oreiller, ses pensées s'étaient tournées vers Jennifer.

Il sourit en se souvenant du visage de sa grand-mère quand il lui avait parlé d'elle. Son intention était de la distraire des tubes et des machines qui les entouraient, mais il s'en était tiré avec un sermon.

— Ne laisse pas cette femme te glisser entre les doigts ! lui avait-elle dit. Si tu n'essaies pas, tu t'en voudras toujours et la vie est bien trop courte pour cela.

Entendre ces mots prononcés dans un hôpital où tant de gens avaient perdu un être aimé avait mis à bas ses certitudes et elles s'étaient heurtées à celles de sa grand-mère. Oui, on pouvait vivre une longue vie heureuse ensemble, comme ses grands-parents le lui avaient montré. Ou tout pouvait vous être arraché par un tour cruel du destin, comme cela avait été le cas pour ses parents.

Mais l'idée de ne pas essayer à cause de son

passé, de laisser Jennifer partir, était déjà une agonie en soi.

Il prit son portable sur la table de nuit et regarda ses messages. Il en avait reçu de nombreux de sa part pour le tenir au courant des affaires en cours, mais il sentait que sa réelle intention était de le surveiller. Et le fait qu'elle s'inquiète lui redonna espoir.

Un autre message arriva.

Comment va ta grand-mère ?

Il tapota brièvement.

Plutôt bien, vu les circonstances.

La réponse parvint aussitôt.

Dieu merci. Et toi ?

Tu me manques. Il aurait tant voulu le lui écrire. Mais il n'était pas encore temps.

Je vais bien. Tu devrais aller dormir.

Oui, patron.

Son sourire s'agrandit.

Bonne nuit.

Bonne nuit. X

Le « X » fit monter sa température et, sans réfléchir, il lui en renvoya un. Puis il fixa la lettre innocente et il retrouva espoir.

Il était parti un peu plus d'une semaine, jusqu'au

jour du lancement, jusqu'à ce qu'il soit certain que sa grand-mère allait mieux.

Il était passé une dernière fois à l'hôpital sur le chemin du retour. Toutes les machines avaient disparu, la nouvelle chambre privée de sa grand-mère était confortable et les fleurs qu'il lui avait apportées illuminaient l'appui de sa fenêtre.

— Tu as toujours été entêté, mon garçon, ne l'oublie jamais, lui avait-elle dit d'un ton encourageant. Alors, ne prends pas un « non » pour une réponse.

Il rit et se pencha pour embrasser son front.

— J'essaierai, mais elle est tout aussi têtue.

— Très bien. J'apprécie les femmes de caractère.

— Eh bien, je ne doute pas que tu vas l'adorer.

— Alors, emmène-la vite à la maison que nous puissions nous en faire une idée par nous-mêmes, dit-elle avant que son regard s'assombrisse. J'ai craint si souvent que tu restes seul, que ton passé te prive de ce bonheur.

— Hé, ne te fais pas de souci, mamie. Cela m'a juste pris un peu de temps.

Elle hocha la tête et ses yeux brillèrent d'émotion quand elle lui sourit. Et il sentit sa gorge se nouer.

— Nous comprenions les raisons pour lesquelles tu ne venais pas beaucoup nous voir. Nous savions à quel point c'était dur pour toi d'être ici.

— Ne me cherche pas d'excuses, dit-il en lui serrant la main. J'aurais dû être plus présent. J'ai été égoïste, stupide, même.

— Cela n'a rien de stupide de vouloir éviter des

souvenirs sombres, dit-elle d'une voix émue. Mais quoi qu'il en soit, le passé est le passé, mon chéri. Tu ne peux pas le changer, mais tu ne dois pas le laisser influencer ton avenir.

— Je sais, répondit-il doucement. Je l'ai enfin compris.

— Tu es encore en train de faire la leçon au garçon ?

L'énergie typiquement galloise de son grand-père envahit la pièce quand il entra avec un bouquet de fleurs.

— Je ne donne jamais de leçon, protesta-t-elle.

— Bien sûr, ma chérie, dit-il en levant les yeux au ciel avant de l'embrasser. La seule chose qui compte est : est-ce que cela a marché ?

Elle lui rendit son sourire, le bonheur faisant rosir ses joues.

— Comment peux-tu douter de moi ?

Son grand-père rit et le regarda avec des yeux emplis de chaleur et d'espoir.

— Tu t'es enfin décidé à arrêter de courir et à commencer à vivre ?

Marcus rit à son tour, heureux de ce moment d'échange familial et des possibilités que la vie lui offrait soudainement.

— Tu as intérêt à y croire, papi.

— Merci, Seigneur, lui dit-il en gallois tout en lui tapant dans le dos, rayonnant maintenant que sa femme allait mieux.

— Qu'est-ce que tu attends ? File et ramène-nous une petite belle-fille.

— Je ferai de mon putain de mieux.

— Langage ! s'exclama sa grand-mère, les faisant tous deux éclater de rire.

— Je reviens vous voir vite, très vite, leur dit-il en partant.

Et il le ferait. Il pouvait le dire et y croire désormais.

Une semaine de folie était passée. Pendant cinq jours, Jennifer s'était entièrement consacrée à son travail, puis à sa famille durant le week-end, mais sans jamais cesser de penser à Marcus.

Ils avaient échangé des messages pour le travail et elle avait pris des nouvelles de sa grand-mère. Et les jours passant, elle avait commencé à douter de ce qu'elle croyait avoir vu sur son visage, ce changement qu'elle avait cru ressentir dans leur relation. Et ses espoirs s'étaient éteints. Même le « X » était devenu un lointain souvenir.

C'était la soirée de lancement, elle devait se préparer, mais elle se sentait à bout de nerfs. Elle savait qu'il serait bientôt là, qu'elle allait le revoir, mais elle ne savait ni ce qu'elle ressentait, ni ce qu'elle était censée faire.

Elle fronça les sourcils devant le reflet de son visage démaquillé dans le miroir de sa salle de bains. Il allait falloir qu'elle fasse quelque chose. Les poches sombres sous ses yeux révélaient son manque criant de sommeil, et ses joues pâles et creuses, son appétit inexistant.

— Cela ne va pas s'arranger tout seul, lui dit

doucement Anna depuis le couloir avec un air inquiet. Vous voulez que je vous aide ?

Jennifer ignora sa question et serra la ceinture de sa robe de chambre.

— Combien de temps nous reste-t-il ?

— Le taxi sera là dans une heure.

— Des nouvelles de Marcus ?

— Pas récemment, mais…

Elle s'interrompit quand son téléphone sonna.

— Allô ! Un instant, dit-elle en s'éloignant.

Jennifer regarda à nouveau le miroir et étala son fond de teint d'un geste inconscient. Elle se demandait comment tout avait pu autant changer. C'était la soirée de lancement et elle était capitale ; pourtant, cela n'avait plus vraiment d'importance. Quelque part entre sa peur de l'amour et avoir compris qu'elle était tombée amoureuse, son travail avait perdu de son éclat.

Elle serra les dents en ressentant ces crampes d'estomac devenues bien trop familières et força ses mains à lui obéir et à terminer son maquillage avec une précision méticuleuse. Puis elle se fit une tresse lâche qui irait parfaitement avec la robe noire qu'elle avait choisie.

Elle retira son peignoir et prit sa robe de soirée suspendue à un cintre. Elle la posa à terre, mit ses deux pieds au centre et la fit remonter sur ses hanches en se dandinant. Puis elle enfila les manches avant de passer ses mains dans son dos pour atteindre la fermeture Éclair.

— Besoin d'aide ?

Ses doigts se figèrent sur la fermeture et son cœur se mit à marteler sa poitrine.

— Marcus ?

Il était appuyé contre le cadre de la porte, vêtu d'un smoking, son nœud papillon à peine serré lui donnant un air un peu voyou tandis que son regard sombre et profond la déshabillait des yeux. Et elle crut que ses jambes allaient l'abandonner.

— Jennifer ? dit-il d'un ton où perçait une émotion étrange qui fit trembler les murs qui protégeaient son cœur.

Le pouls qui battait au creux de son cou lui indiquait qu'il était bien moins détendu qu'il essayait de le paraître.

Elle examina son visage et s'aperçut que ses yeux d'un marron chaud, presque chocolat, étaient piquetés d'une étrange lumière.

— Tout va bien ? lui demanda-t-elle.

Il hocha la tête.

— En tout cas, j'espère que ce sera bientôt le cas.

Elle avala sa salive. Qu'est-ce que cela voulait dire ?

— Le lancement va être un succès, lui dit-elle en réalisant que ses doigts étaient toujours accrochés au zip de sa robe.

— Attends.

Il se rapprocha et cela recommença... Son pouls déjà rapide devint frénétique et elle dut s'accrocher au lavabo pour ne pas tomber quand elle se retourna.

— Tiens-toi droite, dit-il d'un ton nerveux tandis

que la chaleur de son corps rayonnait contre son dos nu.

Il prit ses hanches en coupe dans ses mains, lui faisant pousser un petit cri de surprise.

Pitié, qu'il n'ait rien entendu…

— Jennifer…

C'était un avertissement et, au lieu de remonter sa fermeture, il la fit se retourner et serra son corps contre son torse dur.

— Tu dois faire plus attention à toi.

— Oui, papa.

— Regarde-moi.

Elle n'arrivait pas à ôter ses yeux du pouls qui battait dans son cou presque au même rythme que son cœur. Il prit son menton dans sa main et la força à obéir. Et elle battit des cils jusqu'à ce qu'elle n'ait plus d'autre choix que de rencontrer son regard.

— Quoi ? dit-elle d'un ton de défi. J'ai eu beaucoup de travail.

— Je sais et je suis désolé de t'avoir laissée tomber au pire moment.

Elle se radoucit instantanément, regrettant de s'être montrée si brusque.

— S'il te plaît, ne t'excuse pas. Je suis désolée. C'est juste que…

Quoi ? Que tu m'as manqué ? Que je suis tombée amoureuse de toi ? Les deux ?

— Qu'est-ce que je vais faire de toi ? dit-il en secouant doucement la tête tandis que son pouce caressait son menton.

Puis ses yeux descendirent sur sa bouche et

instinctivement elle se mordit la lèvre inférieure, le provoquant impulsivement mais délibérément.

Pitié, embrasse-moi.

Sa bouche se baissa vers la sienne et la tête lui tourna… Mais il n'y eut pas de baiser.

Elle revint brutalement à la réalité.

— Que se passe-t-il ?

— Bon Dieu, c'est si difficile, dit-il en fermant les yeux.

Et quand il les rouvrit, il semblait complètement perdu.

Elle passa une main par-dessus son épaule, en partie pour le rassurer mais aussi pour garder son équilibre.

— Quel est le problème ?

— Je suis venu ici pour te demander… plus.

Elle fronça les sourcils en se rappelant leurs conversations passées.

Que voulait-il dire… ? Parlait-il toujours de sexe ? Plus de sexe ?

— Je sais que je ne le mérite pas, et j'ai conscience de ce que je t'ai dit et de mon comportement égoïste, dit-il en secouant la tête avec un regard de chien battu. Mais j'étais perdu, et je n'avais aucune idée de ce que je voulais… réellement.

Elle luttait contre son cerveau en manque de sommeil pour tenter de comprendre ce qu'il disait.

Était-il si désespéré qu'il était prêt à tout pour la garder dans son lit ?

Et elle sentit une colère sourde l'envahir.

— Es-tu en train de me demander d'être ta *sex-friend* ?

Il tressaillit violemment.

— Bien sûr que non ! Je fais vraiment n'importe quoi. Je suis désolé.

Elle laissa échapper un sourire de soulagement et il prit son visage en coupe entre ses mains, son regard passionné et sincère la retenant captive.

— Je te demande de me donner une chance… Une chance d'être ensemble.

L'esprit de Jennifer s'éveilla subitement et elle sentit son espoir renaître.

— Toute ma vie était conditionnée par mon passé. J'avais peur de mon père, peur de lui ressembler, peur de tomber amoureux et de perdre cet amour.

Elle sentit les larmes lui monter aux yeux. Était-il réellement en train de dire… ?

— Te rencontrer m'a fait me remettre totalement en question. Tu m'as ouvert les yeux et j'ai compris à quel point je me trompais, dit-il en séchant de son doigt une larme unique sur sa joue. Et je ne veux pas passer une seconde de plus sans toi.

— Je suis perdue, qu'est-ce que tu veux dire ?

— Que je t'aime, Jennifer. Dieu, j'aurais dû commencer par cela.

Et il lui fit un petit sourire qui lui donna l'impression qu'un essaim de papillons prenait son envol dans son ventre.

— Je t'aimais déjà depuis longtemps quand je l'ai enfin compris.

Il baissa la tête et posa son front contre le sien en plongeant son regard intense dans le sien.

— Je sais que j'ai vraiment gâché nos premiers moments. Mais si tu me laissais une nouvelle chance, si tu me laissais te montrer ce que cela pourrait être… Je ferais n'importe quoi pour…

— Marcus, l'interrompit-elle, car elle avait l'impression que son cœur allait exploser si elle ne mettait pas fin à son calvaire immédiatement.

Il se tut et releva la tête avec une expression terriblement vulnérable.

— Tais-toi.

Elle se mit sur la pointe des pieds et adoucit son ordre par un baiser, un baiser si empli d'amour pour lui qu'ils ne parvinrent à l'arrêter que quand ils furent forcés de reprendre leur souffle.

— Est-ce que cela veut dire… ?

La voix de Marcus se brisa. Ses mains tenaient toujours le visage de Jennifer et il chercha son regard en osant réellement espérer pour la première fois.

— Je t'aime aussi, lui dit-elle en laissant enfin couler ses larmes. Et maintenant je peux t'avouer que je le savais depuis longtemps.

— Tu m'aimes ? dit-il d'un air incrédule. Bien que je t'aie dit qu'il ne s'agissait que de sexe…

— Oui, même tes paroles insensées ne pouvaient pas cacher que tu es quelqu'un de bien… tout au fond, plaisanta-t-elle en lui donnant une petite tape. Crois-moi, j'ai essayé de ne pas t'aimer, mais tu as capturé mon cœur et il a refusé de m'obéir jusqu'au bout.

Il lui fit le plus lumineux des sourires, faisant apparaître cette petite fossette qu'elle adorait et qu'elle embrassa.

— Dieu merci, ton cœur est aussi têtu que toi.

Elle se recula et haussa les sourcils en faisant semblant d'être blessée par sa remarque.

— Têtue ?

— Absolument, dit-il en enlaçant sa taille pour la ramener contre lui. Comme une bourrique, mais en plus jolie.

Elle éclata de rire et sa joie devint contagieuse tandis qu'elle lui redonnait une tape.

— Fais attention à ce que tu dis, Marcus. Tu as beaucoup à te faire pardonner et à rattraper.

— Des choses à rattraper ? J'aime beaucoup l'idée.

— Je n'en doute pas.

— Et je sais exactement par quoi commencer, dit-il en prenant le zip de sa robe entre ses doigts. Quel dommage que nous devions d'abord aller à cette soirée…

— Eh bien, Colin peut nous y conduire, n'est-ce pas ?

— Oui…, dit-il d'un air perplexe.

— Alors, remonte ma fermeture et allons célébrer tout cela.

Et cette fois, elle n'eut pas besoin de le regarder pour savoir qu'il avait compris son message.

ARRÊT DE LA COLLECTION

MAGNETIC

Chères lectrices, chers lecteurs,

Nous vous annonçons l'arrêt de votre collection *Magnetic* dès septembre 2020.

Tous les titres de la collection déjà parus restent disponibles en format numérique sur notre site internet.

A bientôt sur harlequin.fr !

L'équipe Harlequin

Composé et édité par HarperCollins France.

Achevé d'imprimer en août 2020.

CPi
BLACK PRINT

Barcelone

Dépôt légal : septembre 2020.

MIXTE
Papier issu de sources responsables
FSC® C108412
FSC
www.fsc.org

Pour limiter l'empreinte environnementale de ses livres, HarperCollins France s'engage à n'utiliser que du papier fabriqué à partir de bois provenant de forêts gérées durablement et de manière responsable.

Imprimé en Espagne.